策士な御曹司と世界一しあわせな政略結婚

m a r m a l a d e b u n k o

JN052594

マーマレード文庫

目次

策士な御曹司と世界一しあわせな政略結婚

策士な御曹司と
世界一しあわせな政略結婚

第一章

シンデレラにはガラスの靴。

白雪姫には真っ赤なりんご。

そうして私の元には、強く綺麗《きれい》な文字で綴《つづ》られた、記入済みの婚姻届が届けられた。

私達に向けられたいくつものカメラが一斉に放つフラッシュに目を眩《くら》ませると、そっと隣から伸びてきた大きな手が肩を支えてくれた。

その温もりにびっくりして思わず見上げると、誰もがきっと見とれるような端正な顔をした王子様がにっこりと私に笑みを浮かべる。

天井から吊《つ》るされた目を惹《ひ》くクリスタルの大きなシャンデリア。白と金を基調とした荘重な内装。つるりと光を反射する、美しい大理石の床。

会場全体をふんだんに彩《いろど》る装花は、生き生きとその命を歌っている。

もし私が子供の頃に映画で見たプリンセスなら、花と一緒に王子様の前で可憐《かれん》にお礼の歌をうたい出すかもしれない。

けれど私はお姫様でもないし、そんな度胸はあいにく今この状況では持ち合わせていない。

そのうち、支えていてくれた大きな手が離れる瞬間、ポンポンと二回軽く背中を叩《たた》かれた。それはまるで私を励ますようで、それに応えるように小さく深呼吸を一度してみた。

だけど。正直、いっぱいいっぱいです。

ここまでたくさんの人が来ているなんて予想していないし、囲まれる状況はさらに想像もしていなかった。

もう一度、隣に立つ人の顔をそっと盗み見てみる。その人は私の不安を含んだ視線に敏感に気づくと、ふんわりと柔らかくアンバーの瞳を細めていた。

囲んでいたインタビュアーや記者達から、ほうっと感嘆のため息が漏《も》れ出す。

心臓が跳ねる。体温が上がる。赤くなってしまった顔を見られたくないのに、体が固まってしまう。

今日、初めて会ったこの王子様みたいな人が、やっぱり間違いなく私の旦那様らしい。

＊＊＊

「結婚してほしいんだ」

世間では大体、これはプロポーズの言葉と認識されることが多いと思う。生涯の伴侶と決めた相手、一生を一緒に生きていきたい人に伝える大切な言葉。

中には違うパターンもあるんだろう。私はどうやらその違うパターン側の人間だったらしい。だって、私にそう告げたのは、ニコニコと笑う父だった。

「結婚、してほしいんだ」

今度は、結婚をより強調して言ってきた。私が返事をしなかったせいで、もしかして聞こえなかったのかもしれないと、きっと再度確認のためだ。

聞こえてはいたけれど、びっくりし過ぎて思考が停止してしまっていた。

そもそも今日、社長室に呼ばれて入室したときから、何だか場の雰囲気が変だった。もっと言えば、『高校の同級生だった人と久しぶりに会った』と上機嫌で帰ってきた昨夜から父は変だった。

やけに浮かれている。私に、彼氏はいるのか？　好きな奴はいるのか？と妙に何度も真剣に確認をしてきた。

『どっちもいないよ。今は忙しいし、何より仕事が楽しいもん』

二十六歳になる一人娘にそう言われて、あんなに嬉《うれ》しそうにパッと表情を明るくした父の顔を見たとき、少しは怪しんで真意を聞けばよかったのかもしれない。

「あの、社長。それはどういう意味ですか？」

父といえども、自分が籍を置く会社の社長をお父さんとは呼べないので、社内にいる時間は一線を引いてそう呼んでいる。

やっと絞り出した声は、震えていたかもしれない。

「結婚してほしいんだ。東子《とうこ》に、ディヴェルティメントの副社長と」

上層部と従業員との間に垣根を作らないようにと、誰でも何かあれば相談が出来るように、気取った豪華な応接セットではなくローテーブルを挟んだ大きめのシンプルなソファが二台。

そこに並んで腰をかけて、こちらを見ながらニコニコと笑う社長と役員達。社長以外のどの顔も、私が小さな頃から見知っている、親戚《しんせき》のように親しみを持っている面々だ。

そんな穏やかな場での、突然の言い渡しだった。

「……え？」

私に結婚してほしい。その意図は一応は理解出来た。

そして、ディヴェルティメントの副社長、と言われて咄嗟《とっさ》に彼の名前だけは頭に浮かんだ。

——御堂一成《みどうかずなり》。

四ノ宮《しのみや》ホールディングスは、外食産業界では老舗《しにせ》かつ常にトップに立つ大企業。その社長の一人娘として生まれてきた身としては、今まで結婚を全く意識していなかったわけじゃなかった。

いつかは誰かにお婿さんとしてこちらの籍に入ってもらって、一緒にこの会社を継いでいくものだとぼんやりと思っていた。

相手はそのときに好きになった人かもしれないし、良縁がある、とお見合いの話が持ち込まれるかもしれない。

ただ、それはまだきっと先の話だと、それほど真剣に考えてはいなかった。

この仕事が好き。会社が好き。私がもし独身のままで会社を継いだ後なら、引退するときには世襲制をやめて任せられる誰かに会社を託してもいい。そんな風に、一生を仕事に捧《ささ》げる気持ちだってあった。

何度も繰り返すが、いつか結婚する気も同時にあったのだ。けれどいざ実際にそんな話が出てくると、こんなにも心が冷や汗を垂らすとは思わなかった。

結婚？　今？

自分の覚悟がどれだけあやふやだったかを急に突きつけられたかのようで、胸が締めつけられて言葉が上手《うま》く出てこなくなってしまった。

もっとちゃんと四ノ宮の一人娘としての自覚を持たなければいけなかった。毎日が忙しくて大変だけど仕事が楽しくて、まだ見えないふりをしてしまっていた。

「……それは、それはもう決まったことなんでしょうか」

「うん、そう思ってもらっても構わない。親としても会社としても、これ以上の相手はそうそう出てこないと確信している」

私を見つめる父の真剣な目。ああ、これは断るという選択肢はないものだと確信させる、社長の目でもあった。

「……少しだけ、時間をいただけますか。お願いします」

やっと喉から絞り出した声は、掠《かす》れていたかもしれない。小さく握った拳の中は汗が滲《にじ》んで、思わず『お父さん』と続けて口から溢《あふ》れそうになったのを、ぎゅっと唇を固く結んで止めた。

不安で勝手に激しくなる鼓動は、なかなか落ち着いてはくれない。

「あと、副社長から東子に荷物が届いているよ」

「え、荷物ですか？　何で？」

「それだけ、副社長はこの結婚に乗り気ってことじゃないかな。いつ東子にこの話を伝えるのかって聞かれてたんだ」

　ほら、こっち、と手招きされて、社長室の隅に置かれた大きな縦長の箱の前に連れてこられた。

「……これ、開けていいの？」

「東子宛なんだから、お前が開けないでどうする。あ、誰かカッターかハサミ持ってきてやって」

　役員の一人が「東子ちゃんの指に傷でもつけたら大変だ」と笑いながら、ハサミを手渡してくれた。それをカッターのような要領で、てっぺんに留められたテープを切っていく。

「……わ、すごい……！」

　ダンボールの蓋を開けると、ふわりと優しい香りが溢れる。中にはぎっしりとたくさんの花を使った花束。それらを包み込むフラワーラッピングペーパーも、一枚ではなく何重にも美しいグラデーションを作っていた。

箱の中の花達が窮屈そうに見えて、両手をそっと箱に入れて中身を持ち上げてみる。窮屈そうに見えた花達は箱から出された途端、まるで一斉に背伸びをしたようにのびのびとして、私の両手いっぱいに広がった。

豊潤な香りが満ちる。こんなずっしりと大きな花束、自分でも買ったことはないし、もらったこともない。

まるで、自分が特別なヒロインにでもなったような錯覚を起こしそうだ。

戸惑いながら大きな花束を抱える私を見て「色男はやることが派手だな」と笑い、そうして社長は目を細める。

「可愛《かわい》い東子を、嫁に出すのはまだ先だと思ってたんだ。だけど、副社長と話してるうちに、この男なら東子と会社の未来を任せられると思ったんだ」

二つの会社の将来について真摯《しんし》に語るその顔を見て、何かを感じたと社長は言う。

「この結婚話も、すぐに承諾してくれた。東子はどこに出しても恥ずかしくない娘だけれど、さすがに即答だったんで、もう一回念のために聞いても快諾だったよ」

それに、とつけ加える。

「副社長にスマホで東子の写真を見せたら、嬉しそうにしてたぞ」

「えっ、やだ、勝手にそんなことして」

「社長は昔からどこでも東子ちゃんの写真見せてくるよ」

役員達から次々と声が上がる。社長のスマホの待受が成人式で撮った私の振袖姿なのは知っていたけど、普段やたら私を撮りたがるのは人に見せるためだったなんて。

ふと訪れた和やかな雰囲気の中、ごほん、と社長がひとつ咳払《せきばら》いをする。

「……急な話で、東子も混乱していると思う。だけど、何度も言うが、親としても会社としてもこれ以上の結婚相手はいないと考えている。前向きに考えてほしい」

両手に抱えた美しい花束は、社長の言葉に、質量以上にずしりと重くなったように感じた。

社長から語られたこの結婚話の経緯はこうだった。

ディヴェルティメント側から四ノ宮へ、パーク全般及び併設されるホテルのフード事業を任せたいと、夢のような打診があったのだ。

四ノ宮ホールディングスはファミリーレストランの他にも、高級割烹《かっぽう》やフレンチなどの分野にも幅広く精通している。

そこにパークとホテルが加わることで、よりいっそう事業の幅が将来的にも広がると思われた。

大きな契約になるため、直々に社長同士が一度会うことになった。実はディヴェルティメントアトラクションズの現社長は父の高校時代からの友人で、数十年ぶりに再会し、そのまま近況や昔話に花を咲かせたらしい。

お互いの企業の成長を知りつつ、いつか再び顔を合わす機会があったらと思っていながら叶《かな》わず、あっという間に相当な時間が経過していた。

わいわいと昔話に花を咲かせているうちにお互いの子供の話になり、独身同士だとわかると、いっそ二人を結婚させて事実上のさらなる強固な結びつきを両社の間に作ろうという運びになった。

ディヴェルティメントは、四ノ宮の外食産業に関するノウハウを得たいとはっきり伝えてきた。

真似《まね》をするより、よりよい結果を得るためにお互いに提携をしていいところを伸ばし、悪いところをカバーし合おうと。

強力な外資系企業が続々と参入してくる今、個々の企業で奮闘するよりも、提携をして足元をしっかり固める必要があると話し合った。

まるでドラマみたいな出来過ぎた話だと、頭の片隅で呟《つぶや》く。

最初から断ることが難しそうな結婚話だ。けれど、嫌だと突っぱねる強い理由もなく、すぐこの場で承諾出来るほど割りきれない。

ごくりと息を呑《の》み、私も同じ言葉を繰り返す。時間稼ぎではないけど、私が私自身を納得させなければ結婚は出来ない。

「……少しだけ、時間をいただけますか。お願いします」

ディヴェルティメントアトラクションズは、テーマパーク産業の中でも頭ひとつ飛び抜けた存在だ。本社ビルは丸《まる》の内《うち》の一等地に、これまた首が痛くなるほど天高くそびえ立って存在を示している。

遊園地や水族館、それらの大きな複合施設を日本の各地で運営し、あっと驚くサプライズ的なイベントや年間の行事などが目白押しで、国内外でファンが多い。

数年前にはアメリカの巨大テーマパーク『スターワールド』の知的財産権のライセンス契約を極秘に結び、日本でのパーク開園をサプライズで発表して世界中を驚かせた。

今までスターワールドが本国以外でのライセンス契約を拒否していたのはあまりにも有名な話で、日本でのパーク開園の発表後には、しばらくテレビにも取り沙汰された。予定地として買い上げた海沿いの埋め立て地と合わせた広大な土地も、まだ着工中ながら、テーマパークファンが連日建築を見守りに訪れる新観光スポットになっている。

もちろんこの一大事業に、我が社・四ノ宮ホールディングスも参入出来ないかと考えていた。全国津々浦々にファミリーレストランを展開し、それを賄う大きな食品工場も持っていて、レジャー施設での出店のノウハウもある。

おそらく開園すれば日本で一番賑《にぎ》わう大きなテーマパークになる場所で、心を込めた美味《おい》しい食事を提供出来たらどんなにいいだろうか。

四ノ宮ホールディングスの経営理念は『皆で笑顔に』。美味しい食事を提供して楽しいひとときのお手伝いをしたい。食べた人も、提供した我々も皆で笑顔になれるよう、と初代の社長が掲げた大切な理念だ。

新しくオープンするテーマパークでもそれが出来たらと、ディヴェルティメントアトラクションズ側が施設提供の段階に入るまで情報収集に努めていた。

「みどう……御堂一成」

名前だけなら、情報収集の中で何度も見ていた。父親である社長をサポートし、次期社長として三十一歳の若さで副社長の任に就いている。

その手腕が確かなものなのは、今回のスターワールドの件で明らかだ。実質彼が先頭に立って何度も地道に交渉を重ね、ライセンス契約まで持っていった話は、発表の後日に業界内で瞬《また》く間に広がった。

国内だけじゃない、今や海外からも注目されている話題の人物。テレビ出演などもたまにしているらしい。

花束を預け社長室を後にした私は、とりあえず気持ちを切り替えて終業まで何とか仕事をして、帰路についていた。

広報部とフード開発部、二つの部署に籍を置いてもらっている。食べるのも作るのも好きな私は、入社してすぐは開発部で奮闘していた。

レストランでメニュー表をわくわくしながら開く瞬間、選ぶ楽しみ、美味しい料理に楽しい会話。そういった時間に少しでも関わりたかった。

頭に雷が落とされたような今日は、広報部で取材の予定を取りまとめるデスクワークに集中する予定だったのに、パソコンの前で無意識にため息ばかりついて同僚に心配をかけてしまった。

『跡継ぎの心配はまだしなくていいよ。勝手を言っているのはわかっているが、この結婚はきっと東子を幸せにしてくれるから』

父の言葉が頭をぐるぐると回る。今まで上だけを見て一生懸命に上っていた梯子《はしご》の先が、突然なくなった気持ちになっていた。

目指すものはまだうんと上だけど、ぼんやりとてっぺんまで見えていた気がしていたのに。今はもうその上り方がわからない。

私の梯子はここまでで終わりなんだ。

これから先は、どうしたらいいんだろう。

ずっと、いつかは四ノ宮を継ぐ、継ぎたい気持ちでいたのに、跡継ぎは心配するなとか。じゃあ私はもうその資格がなくなってしまったのか。

胸に抱えた重いものは苦しさを増すばかりで、その足は無意識に駅ナカのコーヒーショップへふらりと吸い込まれていた。

カウンターでオーダーしたホットコーヒーを受け取って、窓際の席へ着く。鞄《かばん》のポケットからスマホを取り出して、ひとつ深呼吸をしてから彼の名前を入力して検索してみた。

この唐突に降って湧いた結婚話の、私の旦那さんになる人の名前を。

すぐにスマホの画面を小さな画像が埋め尽くす。その中の、顔が確認出来そうな一枚をタップしてみた。

……嘘《うそ》。

……え、これって本当に本人なの？

スマホの四角い画面に大きく表示された彼は、いわゆるイケメンというものだった。それも、かなりの。

色素の薄く感じる髪や瞳。アップの画像だと瞳の色は琥珀《こはく》に似た深いアンバーで、吸い込まれそうに澄んでいる。凛々《りり》しい眉に、少しだけ下がったように見える瞳が印象的。男らしく、形のいい唇の端を上げて笑っている。

自信と落ち着きが滲み出て、それがまた落ち着いた色香を感じさせる。彼がモデルや俳優と言われても疑問に思わないし、今からそうなっても十分に通用しそうだ。

気を急《せ》いたまま画面をスクロールしていくと、いつのものかわからない、雰囲気だけで察するとたぶんまだ二十代半ばくらいの彼の画像もあった。

つまり、予想では今の私と同じ年。今の彼からしたら五年前のものだった。

画像がつけられていた記事には、彼がいかに自分の仕事に情熱を傾けているかがインタビュー形式で綴ってあった。

彼が自身の会社や仕事にかける思い。きっともうこの頃は、スターワールドの契約を取りつけるために何度もアメリカへ足繁く渡っていた頃かもしれない。

見知らぬ誰かが、いつか行った遊園地や水族館のチケットの半券を机の引き出しや古い財布の中から見つけたとき、楽しかった記憶を思い出して、懐かしいと笑ってくれたらいいなと思う。そう、彼は語っている。

私はスマホをテーブルへ伏せて、知らずに詰まっていた息を大きく吐いた。

視線を上げたガラスを一枚隔てた向こうでは、改札へ帰りを急ぐ人と出た人々が交差している。

その一人一人に大切な思い出があって、これからそうなっていく出来事がそれぞれの人生で起きる。それはもちろん、私にも。

楽しい思い出は、なるたけたくさんあった方がいい。私は食事で、彼はテーマパークで思い出作りのお手伝いが出来たらと。そう考えながら日々仕事に励んでいる。

まだカップになみなみと残っていたコーヒーに口をつけると、すっかり冷めてしまっていた。それを一気に飲み干すと、さっきまで重苦しかった胸のつかえが少し楽になっていた。

もう一度、今度はゆっくりと息を吐く。

目指すものは、彼も私もたぶん一緒だ。

目標が一緒なら、ともに歩んでいけるかもしれない。結婚するからって、夢を諦めることは出来ない。なら一か八か、当たって砕けてみるしかないんだ。

どうなるかわからない。ただ、継げなくても続けることは出来るんじゃないだろうか。

翌日、私は今回の結婚を受け入れる条件をまず父に提示した。今までずっと、子供の頃から両親にとって『いい子』でいた私の、初めての強い意思表示だった。涙は浮かぶし手は震えるし、とにかく立っているのも精一杯。だけど、これを伝えないと一生後悔すると強く思った。

そうして父からディヴェルティメント側へすぐに連絡を取ってもらい、副社長である彼の返事を待った。

——条件は、ただひとつ。結婚した後も今まで通り、四ノ宮での仕事を続けることだけだ。

それから一ヵ月後。郵便局員さんから、速達を一通受け取った。

土曜日の午後、私は両親と暮らす自宅で一人、それが届くのを待っていた。

白い封筒には強く美しい文字で、宛名に私の名前が綴られている。それを指先でそっとなぞってから、自室に戻り静かに封を開けた。

中には婚姻届と、プライベート用らしい携帯の番号が書き足された御堂さんの名刺が一枚入っていた。

手に取って慎重に開いてみた婚姻届。夫となる欄には既に記入が済ませてあった。宛名と同じ筆跡で、彼が婚姻届を書き、封をして宛名まで書いたのだろう。投函《とうかん》出来る状態まで、御堂さんが一人で用意してくれたのかな。

じっと、彼の字を見つめる。結局、この一ヵ月でどう調整をしても顔合わせが叶うことはなかった。あちらも、そしてこちらも業務提携に伴う新たな仕事が増え、多忙を極めていた。

電話は、自宅にかかってきた一度。低く落ち着いた声で、挨拶と、二人で一緒に婚姻届を提出に行けないことを何度も謝ってくれた。

殺人的なスケジュールを聞いて、一人で行ける、大丈夫だと言ったのは私の方だ。一体彼はいつ休んでいるのか。提出に割いてくれる時間があるなら一眠りしてほしいとお願いしたいほどだ。

提出をしたら連絡をしますと約束をして、御堂さんとの電話でのファーストコンタクトは終わった。

いつかは必ず会わなければいけない……けれど、どんな顔をしていいのかわからず、忙しくしていることで先伸ばしにしてしまっている。

お互いに顔も合わせずに婚姻届をやり取りしている事実に、何だか結婚する実感が湧かなくて困った気持ちと、新たな道へ進み始めようとしている高揚感の両方を抱えていた。

日本を代表する二つの企業の繋《つな》がりは、話題性も、そして新たな分野へ参入するにも両社にとって大いなるプラスになる。

彼はきっと自社の飛躍のために、この降って湧いた結婚話を承諾したのだ。自分自身の気持ちよりも、将来の会社の有益を優先したであろう彼の考えを、私は非難する気もバカげているとも思わなかった。

わかるから、としか言えない。きっと私達はそういう環境で育ってきたから、としか言えない。同じ立場でもそういう道を選ばない人もいるだろうけれど、私達はこちらの道を行くことにしたのだ。

このタイミングで縁があってお見合いの話が来たのだ。そう捉えると、世の中に人の数だけある結婚話のひとつに過ぎないのだと、つかえていたものが完全にすとんと胸に収まった。

私の出した条件にも、御堂さんは即答で了解をしてくれた。

婚姻届が手元に届いたその日のうちに、妻の欄に記入を済ませて、一人で役所の休日受付へ提出に向かった。

カウンターで対面した年配の職員の方が、隅々までチェックしてくれる。はい、はい、と小さな声を出して、項目に漏れや間違いがないかを丁寧に見てくれた。

「はい、不備はありません」

目を通していた婚姻届から視線を上げて、きっと不安そうな顔をしていたかもしれない私にふっと微笑《ほほえ》んでくれる。

「ご結婚、おめでとうございます」

「あ、ありがとうございます……」

ふいにおめでとうと声をかけられて、名前がつけられない感情で胸がいっぱいになってしまった。勝手に目頭が熱くなる。じわっと溢れ出そうとする涙を隠すために、私は一人座ったカウンターで頭を下げた。

役所を出た頃には陽が傾き、西から空がオレンジ色に染まり始めていた。夕方の匂いや気配が微《かす》かにする、綺麗に乾いた洗濯物を取り込みたくなる、そんな時間。

私、結婚したんだ。

左手にはまだ指輪はないけれど、名字は変わり、私は御堂一成の妻になった。

夫となった御堂さんに婚姻届を提出したことを報告しようと、スマホケースのカードポケットから一枚の名刺を取り出す。深呼吸をして番号をスマホに打ち込むと、心臓は緊張でドキドキと速くなった。

コールが鳴る。一度、二度、三度。繰り返す呼び出し音は、そのうちに留守電に切り替わった。ピーッと鳴って、私は聞こえないように小さく息を吐いた。

「……お疲れ様です。四ノ宮東子です。婚姻届を提出させていただきましたので、本日から御堂東子になりました」

ディヴェルティメントアトラクションズが建設中のスターワールドジャパンに、新たなアトラクションを加えるという第二構想発表会。

その日に御堂さんと私の結婚発表をサプライズで同日・同会場で行おうと、ディヴェルティメント側から入籍を済ませた翌週に提案があった。

会場は、各界の著名人達が結婚式を行ったり晩餐会などが開かれる、かの有名な御三家のひとつといわれている名門ホテル。

広大で手入れの行き届いた庭園に、最高のサービスを受けられる接客。長年の貫禄《かんろく》を感じる古く美しい建物がゲストを迎える。

実はラウンジの本格的なアフタヌーンティーも有名で、何度か予約を取って足を運んだことのある場所だった。

こんなところでただ追加構想の発表会だけをするか？　さらに何かあるんじゃないかとの憶測がマスコミを駆け巡り、この日の事前取材登録はいつもより殺到したらしい。

四ノ宮側、特に父は面白いことも大好きな人なので、そのサプライズ提案に二つ返事で了承をしていた。私も深くは考えず、集まった仕事関係の方々に結婚したことを知ってもらうのにはいい機会だと頷いたのだ。

発表会当日は、ディヴェルティメントアトラクションズの追加構想発表から始まるので、私にはそれが終わる前に合わせてホテルへ来てほしいと言われていた。

早めに会場入りすると、マスコミがまだ会場外に多数入場を待っている状態でいるので、それらを出来るだけ中へ入れてからの時間で来てほしい。そう一週間前に、御堂さんの第一秘書がわざわざ四ノ宮の本社まで直接伝えに来てくれた。

『御堂副社長の第一秘書を務めます、鈴木《すずき》と申します。奥様、以後お見知りおきを』

ふわっと笑い、好印象を持たせる、眼鏡《めがね》が似合う目元の涼しい清潔感のある男性だ。背も高く、身のこなしも柔らかい。

奥様、とまだ馴染《なじ》みのない呼び方が胸をそわそわさせる。

聞けば御堂さんの三つ年上で、何年も一緒に仕事をしているらしい。

『当日はサプライズということで、奥様には多少のご不便をおかけいたしまして』

『いえ、うちの社長も乗り気ですから。それに、こんな形で結婚を発表するなんて、ディヴェルティメントさんらしいです』

くすりと笑うと、鈴木さんはホッとしたようだった。

『社長も副社長も、いい意味での驚きが好きな方ですから』と、肩の力を少し抜いた柔らかい物言いをした。そして、御堂さんからいろいろと預かっている、と持っていた鞄から黒革の手帳を出して本題に入ったのだった。


淡く輝く貝殻を思わせる薄いピンクベージュのワンピース。たっぷりと布を使ったフレアスカートで、うっとり見とれてしまう全体に施された刺繍《ししゅう》はすべて手仕事だと教えてもらった。パンプスは同じブランドラインのもの。背筋の伸びそうな美しい曲線からの控えめなデザイン。サイドを飾る小さなリボンが心をくすぐる。

上品で小ぶりなダイヤモンドのピアスと、揃《そろ》いの華奢《きゃしゃ》なブレスレット。すべて御堂さんが私のために見繕ったものだと、後日これらが入った高級イタリアブランドの紙袋や箱を自宅まで届けてくださった鈴木さんが嬉しそうに伝えてくれた。

私の好きな色、デザイン、イメージ。一週間前に鈴木さんから聞かれたままに返答したことを、御堂さんが聞いて発表会のために選んでくれたという。

運び込まれる桁を想像したら、違う意味で目眩《めまい》がしそうな品物の数々を前にして、私は遠慮を盾に受け取りを一度断ろうとした。

レンタルではなく、明らかに買い取られた品物の総額は考えたくない。けど、このままいただくにはかなり気が引けてしまう。

『奥様、細かいことは何も考えずに』

ドキッとして、思わず肩が跳ねてしまった。

『す、鈴木さんて、人の心が読めるんですか？』

『ふふ、あいにく人の心は読めません。ただ、考えていることは表情からわかります』

咄嗟に自分の頬を触ると、にっこりと笑われてしまった。なるたけ顔を引きしめようとすればするほど、意識して何だか変な表情になってしまう。その一部始終を楽しそうに眺めていた父は大笑いし、お茶の支度をしていた母まで呼んでいる。

よかった。両親が嬉しそうでよかった。

私もつられて笑い、目尻に溜《た》まった涙を拭《ふ》いた。

両親を困らせることのないようにと、そうやって我慢することが染みついたまま大人になってしまった私の結婚。ちゃんとそれなりに幸せになって、心配させてしまうことがないようにしないと。

こんな風に思っているなんて、御堂さんに失礼だとわかっているのだけど。

その晩、御堂さんからプレゼントされたワンピースにありがたく袖を通すと、それはまるで私のために作られたようにぴったりと綺麗に体のラインに馴染んでいた。


ついに迎えた発表会当日。時間をかけて丁寧に支度を済ませてタクシーでホテルへ向かう。

荘厳な門から緑の杜《もり》を抜けた先のエントランスには、ホテルの顔に相応《ふさわ》しい白い制服を身につけたドアマンが立っている。タクシーが着くとエントランスホールから鈴木さんが小走りでやってきて、私がお財布を出す前にカードで支払いをスマートに済ませてくれた。

お礼を言ってタクシーから降りると、姿勢のいいドアマンが「お待ちしておりました」と微笑んだ。

鈴木さんの先導でエントランスホールへ向かう。会場へ入らなかった関係者達なのか、談笑をしていた人々が私を見てびっくりしている。

「四ノ宮の娘だ」

「女優の、ほら、引退した真田京子《さなだきょうこ》の娘！　母親そっくりだ」

「芸能人と言われても納得だな。母親そっくりだ」

ざわめくエントランスホールで母の名前が聞こえた方に軽く会釈《えしゃく》すると、慌てたようにあちらも会釈を返してくれた。

母親似の容姿のことは子供の頃から言われ慣れていても、やっぱりどこかツキンと刺さるものがある。

今の私の姿は、二十五歳で映画やドラマに引っ張りだこだった女優業を電撃引退したときの母にそっくりらしい。最近ますます、そう言われることが多くなった。

それにしても、どうしてこんなに関係者がエントランスにいるの？　時間通りに来たはずだけど、何かがおかしい。

「あの、すみません！　発表会って終わってしまったんでしょうか？」

「いえ、大丈夫です。まだ終わっていません。奥様は時間を守ってくださっています。本日は予想以上にマスコミが来ていまして。人の口に戸は立てられぬと言いますが、あちらもプロなのでここを会場にした時点で何か察したのでしょう」

こちらにカメラを構えてシャッターを切る人や、誰かに電話をかけて指示を出し始める人もいる。私達を追いかけて声をかけようとする人を、鈴木さんはやんわりと視線で制した。

「ボールルームを貸し切りにしましたが、それでもマスコミ全部は入れられませんでした」

「待って、待って、一体どれだけ人が来てるんですか。ボールルームって」

「二百人は入ります。今回は足りませんでしたが」

歩みを止めず会話を交わしながら、鈴木さんの後を追って進む。

毛足の短いみっちりとしたカーペットの上をぎゅっと一歩踏み出すたびに、じわりじわりと不安がせり上がってきた。

私は、もしかしてとんでもない人と結婚しちゃったんじゃないだろうか。

天井の高い、調度品が一定の間隔で品よく置かれた廊下を進む。大きな四角の窓枠から見える杜の緑も、まるでそれ自体が絵画のようにしっくりとそこに収まっている。

もっとゆっくり見たいけれど、それどころじゃない。金の装飾が施された重厚なドアの前に着いた。中からは、低く心地いい声が微かに聞こえてくる。

ここだ。ここで、今まさにディヴェルティメントアトラクションズが追加構想の発表をしているんだ。

心臓がプレッシャーで早鐘を打つ。今ひと言声を出したら、その拍子で全身の力が抜けてへたり込んでしまうかもしれない。

どのタイミングで中に入ればいいの？　来るように言われていたけど、実際にどうするのかは聞いてない！

「今です、奥様」

「鈴木さん、本当は人の気持ちが読めるんじゃないんですかっ」

「さ、待っていますよ」

〝――が〟と私が聞き取る前に、鈴木さんのしなやかな腕がドアを押し開けた。

たぶん瞬《まばた》きと同じ一秒にも満たない、けれど時間が止まる寸前のまるでスローモーションの中で御堂さんの姿を見つけた。

人とカメラで溢れた会場の中で、まっすぐに前を向いた視線の先には御堂さんの姿があった。会ったことは一度もなく、何度か電話で声を聞いただけなのに頭より先に心が彼を認識していた。

会場の一番奥の席でマイクを持った彼も、私を見ている。

強い視線が私を捉えて、胸は火がぽっと灯ったように熱くなった。

発表会は終わった直後だったのか、まだ盛大な拍手が鳴り響いている。タイミング的には締めの挨拶をした直後だ。

彼は握ったマイクをテーブルへ置くと、こちらへ向かって歩き始めた。

会場にいるたくさんの人が、御堂さんの思いもよらない行動を目で追う。そうしてその先にいる私を見つけると、ワッと驚きと歓声を上げた。

なぜだか咄嗟に、何もつけていない左手の薬指を、右手を重ねて隠す。自分からも歩み寄った方がいいかと、そう考えている間に御堂さんは私の目の前に来ていた。

日本人女性の平均身長よりちょっとだけ高い私でも、見上げるほどの高身長。何より、検索した画像だけで見ていた顔やその表情、雰囲気が違う。生きてる。本物の今の御堂一成だ。

華やかな中に、力強さと牽引力《けんいんりょく》を秘めているのは一目でわかる。仕立てのいいスリーピースのスーツを着こなす恵まれた体躯《たいく》に、何度も画面越しに見つめたあの瞳。

人間、たくさんの情報が怒涛《どとう》のごとく頭に流し込まれると、それらの整理をするために一瞬働きを止めるらしい。

一旦、一旦落ち着こう。

体が無意識に一歩後ずさりを始めようとした瞬間、形のいい唇が小さく動いた。

それは本当に僅《わず》かな、もしかしたら声にもならなかったかもしれない。けれど、私には不思議と聞き取れた。

「……よかった」

よかった、と彼は言った。私はそれがどんな意味を持つものなのかはわからなかったけれど、一歩引こうとした体を止めることが出来た。

御堂さんは、私が今日時間通りに来るか心配していたのかな。鈴木さんは時間には間に合っていると言ってくれていたけど、サプライズを仕掛けた側としては実際に予定通りに現れるか不安だったのかもしれない。

「私、来ました。ちゃんと」

子供みたいな言葉をぽろりとこぼした私に、御堂さんは、ふっと柔らかく微笑んだ。

急に焚《た》かれたたくさんのフラッシュに目が眩み、よろめいたところを、咄嗟に肩を支えてくれた御堂さんの温かい手がすぐ離れる。

それから励ますように背中を軽くポンポンと叩かれて、私は小さく深呼吸をした。

落ち着け、ひるむな、しっかりしろ。

だけど、心臓が一人で飛び出して、勝手に会場を走り回ってしまう想像が頭にチラつくらいドキドキしている。

「これから、私事ではありますが、皆さんにお知らせしたいことがあります」

凛《りん》と通る声で御堂さんはそう告げると、私の手をそっと取ってゆっくりと歩き出した。さっきまで役員達が座っていたメインテーブルはあっという間に片づけられ、美しい装花がふんだんに飾られた席が用意された。

囲むマスコミやカメラマンが、ざあっと一斉に道をあけていく。手を引かれて、気を使ってくれているのがわかるスピードでひな壇までエスコートされる。

椅子を引かれ、席に着くと、待ってましたとばかりにまた囲まれる。

「私、ディヴェルティメントアトラクションズの御堂一成は、四ノ宮ホールディングスのご息女、四ノ宮東子さんと結婚しました」

ひと息置いてから、用意されたマイクで御堂さんが告げると、カメラのフラッシュが一斉に稲妻の光のように眩《まぶ》しく焚かれた。

「皆様もご存じかと思いますが、このたび弊社と四ノ宮ホールディングスは、スターワールドジャパンの開園において業務提携をいたすこととなりました」

背筋を伸ばす。まっすぐ前を向く。私は今、四ノ宮ホールディングスの代表としてここに座っているんだ。

「四ノ宮ホールディングスはフード業界における長年のトップ企業です。もちろん、我がディヴェルティメントもアトラクション業界ではそれに並ぶ企業だと自負しております。その培った数あるノウハウをお互いに共有し合い、より皆様に楽しみを提供していけるように努力していく所存でございます。夫婦ともども、どうぞよろしくお願いいたします」

スッと染み入る声を聞きながら、誠意とお願いを込めて私も頭を下げた。

そろそろと頭を上げると、予想外のことが目の前で繰り広げられている。拍手の後に次々と手が上がり、質問をしたい、と申し出とマイクが向けられ始めた。

質問って。芸能人の結婚記者会見でもないのに？

席をすぐに立てる雰囲気ではなくなり、状況を把握出来ず、再び流されるまま座り直してしまった。

改めて見渡せば、テレビでも活躍中の芸能リポーターが数人、記者の中に交ざっていて、ベテランリポーターの仕切りで並びが整えられている。

これじゃまるで本当に芸能人だ。いや、御堂さんは芸能人ではない。でも、それと同じように皆が放ってはおけないルックスや話題性があるのはわかるけど！

私も質問をする側に回って御堂さんに聞きたいことがたくさんある。むしろ、マイクを持って一番に質問する権利は私がいただきたい。

好きな食べ物は？　誕生日は？　ご趣味は？

そんな、私が御堂さんにマイクを向けるふざけた妄想をしていたら、無理やりに笑顔を作り続けている額に汗が浮かんできた。

ああ。この質問タイムが、時間が押しているなどの理由で仕方がない風に穏便にお流れになるように、今は奇跡を天に祈るしかない。

私は御堂さんのことを知らな過ぎるし、彼も同じだろう。

まさにさっき会ったばかりの初対面の夫婦が、手練の芸能リポーター達に立ち向かうなんて無謀過ぎる。初めてのデートもプロポーズも、結婚指輪だって装備になるものは一切ないのに……！

きっとこの状況を乗り越えるのは到底無理だ。ボロが出てしまう。額の汗をハンカチで軽く拭《ぬぐ》いながら、ちらっと視線を御堂さんに送ると彼と目が合う。

口角がニッと上がるのを見て、初めて夫婦として意思疎通が出来たことにホッと嬉しくなった。

「短い時間ですが、答えられることなら」

え？

目が点になる。口がぽかんと開いてしまう。

違う、違う。この質問タイムを了解したって意味で視線を送ったわけじゃないんです！

「ね、東子さん？」

……この人！

有無を言わせない満面の笑みを浮かべた彼はまるで魔王様に見えて、そのまま声を出せず黙って頷くことしか出来なかった。

御堂さんはこの状況を楽しもうとしている。私を困らせようという感じはしない。ほとんどの質問には率先して答えてくれる。

私は隣でニコニコと頷いたりして同意を示す。しかし頭の中では、彼のこめかみを両側からグーで挟んでぐりぐりと締め上げていた。

二人の出会い、馴れ初め、プロポーズの言葉。それらの質問を、御堂さんは冗談を交えながら嘘のないギリギリのラインで答えていく。

今回のパーク開園の件がきっかけになり、また父親同士が旧友であったことから縁があって出会った。プロポーズはなく、自然な形で結婚を意識し始め、入籍。

うん。今回の結婚の経緯がさも自然な流れとして語られている。

ものは言いよう、とはこういうことなのか。

「お互いに、毎日新しい発見で満ちています。彼女が素敵で、僕は今日も初対面のように緊張してしまいます」

御堂さんの言葉に、まさか本当に初対面だと思わないだろう会場が明るい笑いに包まれる。私は隣でつられて小さく笑うふりをしながら、内心は常にヒヤヒヤしていた。

何となく、このまま無難に終わる気がしない。実際にはさっき会ったばかりだけど、隣で少しの時間を共有していることで、どんな状況でも楽しくしてしまおうという彼の性質みたいなものがわかってきた。

鈴木さんがいつか言っていた言葉が頭をよぎる。

『社長も副社長も、いい意味での驚きが好きな方ですから』と。

「プライベートではお互いをどんな風に呼び合っていますか。先ほど、御堂さんは奥様を下のお名前で呼ばれていたようですが、奥様の方はどうでしょうか?」

定番中の定番。テレビで見ている分には惚気《のろけ》タイムにしか感じなかったあの質問を、まさか今日、自分がされるとは夢にも思わなかった。

この質問って本当にあるんだ、なんていう妙な感動と、どストレート直球で私に質問されたことで、いよいよ逃げられないと腹を括《くく》るしかなくなった。

生きづらさを感じるほどの繊細さは持ち合わせてはいないし、どっちかといえば多少は豪胆な方だ。そこに持ち前の諦めのよさと、前向きな性格は両親譲り。

容姿は母親そっくりで、でも笑い方は、ぽんぽこりんなお腹がちょっと可愛い父親にも似ているとよく言われる。それが私。

ひとつ細く息を吐く。白薔薇《しろばら》やライラックの装花とよく合うようにセッティングをされた、目の前の白いマイクを手に取る。

よし。正直に言おう。

そのまま、御堂さん、と呼んでいると伝えよう。まだ慣れないとか、そんな言葉を添えて。

「はい、私は――」

「二人きりのときは、カズくん、と呼ばれています」

重ねられた発言に目が点になる。口がぽかんと開く。本日二度目だ。

カズくんって誰?と一瞬思った後、御堂さんの下の名前を思い出した。

おぉー、と男性陣から小さな声が漏れる。

御堂さんは今日、私達に関することで初めて嘘をついた。答えづらい質問に窮したように見えた私への助け舟だったのか。

悪戯《いたずら》っぽい表情と目線で、私に面白おかしく共犯になろうと誘っている。

ほら、と魅力的な目線で語りかけてくる。

そうだ。嘘をついてしまうなら、責任や罪悪感は二つに分けてしまおう。けれど、微かに重い方は御堂さんへ。

それに、演劇サークルに所属していた頃の血が騒ぐ。

今日は戸惑ってばかりだった。初めてのことが多過ぎるのに、たぶん必要なことは全然していなくて。こんな夫婦、日本中探したって私達以外いないかもしれない。

ふふ、と自然な笑いが溢れる。肩から力が抜けて、緊張でかいていた汗が引いた気がする。

カズくんって。誰かにそう呼ばれたことがあるのかな。ちょっと気になる。

私は手にしていたマイクを握った。普段なら軽く添えるように見目がよく持つけれど、今はぐっと指先に力を込める。

「……はい。カズくん、と呼ばせていただいています。恥ずかしいのですが、彼が嬉しそうなので」

少し照れたように視線を伏せてから、顔を上げ、渾身《こんしん》の慎ましやかな笑みを御堂さんに向けて浮かべる。

母の出演していた映画作品を子供の頃は一人で家で繰り返し観て、鏡の前で表情を真似して遊んだのが演技を意識した最初だったっけ。

共犯らしく、それなら楽しく思いっきりやってしまおう。そして、御堂さんにも、ちょっとだけ仕返しをしたかった。少し狼狽《うろた》えてくれるだけでいいから。

ほぅ、とため息があちこちから聞こえる。

御堂さんは後ろを向いて小さく咳払いをしてから、「……喜ぶんで、僕」と言って、会場を笑いで包んだ。その後、不思議と指輪の質問は出ないままでいた。

「改めて、初めまして。御堂一成です」

「初めまして、四ノ宮……だった御堂東子です。名刺が間に合わず、旧姓のものですみません」

発表会が無事に終わり、拍手で見送られながら控え室へ戻ってきた。

お茶の支度をしてくれていたバトラーが退室して、私達は改めてテーブルを挟み二人きりで顔を合わすことになった。

アールグレイのいい香りが漂う中で、早速名刺の交換となり、こうして渡された四角の中に収まる個人情報をまじまじと眺めている。

婚姻届と一緒に入っていたものとは、また違うデザインで素敵だ。それより、入籍も済ませているのに名刺交換って、おかしくなってしまう。

「……さっき、まさかノッてくれるとは思わなかった」

名刺から顔を上げると、御堂さんは思い出したのか、くつくつと笑い出すのを堪《こら》えている。

「御堂さんから誘ったんじゃないですか」

「わかった？　東子さんなら返答は絶対に大丈夫だと確信はあったけど、ノッてくれるかは自信がなかったから」

「助け舟か泥舟かは、ノッてみてから決めようかと思いまして」

その返事に、御堂さんは満足げに笑う。その少年の面影を見せる悪戯な笑い方は嫌いじゃないと思った。

「では、その船長から素敵なプリンセスにプレゼントを」

向こうからテーブルを回り、御堂さんが私の横へ座った。造りのいいソファは二人分の体重を預けても軋《きし》まない。

ふわっとシトラス系のオードトワレの香りがする。爽やかだけど、どこか落ち着きがあって、二人の近い距離に妙にドキドキと心臓がせわしなくなってしまった。

御堂さんは自分のスーツの内ポケットから黒いベルベットのリングケースを出すと、蓋を開いてみせた。私の左手をそっと取り、薬指に指輪をゆっくりとはめていく。

「……今の時代は結婚式も新婚旅行も、指輪もない入籍だけの結婚も多いらしい。だから皆、僕達の手元にリングがないのを見ても質問はしなかったんだろう。けど——」と言葉を続ける。

「もっと早く、君に渡せればよかった」

まるでそこがずっと定位置だったかのように、シンプルなプラチナの指輪は、私の薬指の上で上品に光を放っていた。

第二章

三度目のスヌーズ。目覚ましにセットしたスマホがアラームを鳴らしている。あと五分、あと五分と延ばして瞼《まぶた》を閉じた瞬間に、もう次のアラームが鳴っているのがいつも不思議に思う。

私は眠っているから知らないだけで、目を閉じた瞬間に世界が五分後にワープしているのかもしれない。

昨日の夢のような現実のせいか、本物の夢も見ないで泥のように眠った。

緊張でへとへとに疲れた体と精神でギリギリまで頑張っていたけれど、自宅の玄関でパンプスを脱いだ瞬間にどっと気が抜けてしまった。

夕飯もとらず、かろうじてお風呂に入り、のろのろと上がった私を、極度の疲労はあっという間にベッドの上にとろりと溶かした。

今、枕はどこかへ行ってしまっているし、かけ布団は斜めになってしまって足が飛び出している。それでも一度も夜中に目が覚めなかったのは、昨日の出来事があまりにも現実離れしていて、そして最後は楽しくなっていたからだ。

御堂さん。写真で見て、予想していたより背が高かった。静かで柔らかな声。表情はくるくると変わって魅力的で、思わずじっと見つめてしまい、気づいた彼に笑われてしまった。

発表会からの帰り、これから本社に戻るという御堂さんは忙しい中、私が迎えのタクシーに乗り込み発車するまでずっと見送ってくれた。

私が窓越しに会釈をすると、片手を上げて応えてくれた。

その左手の薬指には、御堂さんに渡されて私が彼にはめた指輪が存在感を放っていて、何とも言えない気持ちになった。

戸籍は書類を取らないと見られないけれど、結婚指輪はそれ自体に意味がある。当たり前の話だけど、それを身につけている人の大半は伴侶がいて、婚姻関係やそれと同等の関係を結んでいる。

結婚や、生涯をともにしたい人のいる印。

あの人と結婚したことが、発表会のあのときよりも今の方がずっと実感が出来る。

鳴り続けるアラームをようやく止めて、身を起こさないままベッドの中でゆっくりと左手を上げてみた。

自室の見慣れた天井。見慣れない、薬指にはめられた指輪。

御堂さんと同じデザインのペアリング。ただ、私の方には、外からは見えない内側に小さなダイヤモンドが七つ並んでデザインされている。

『ダイヤが七つなのは、東子さんのご両親と僕の両親、それから過去と未来、そして東子さん自身にありがとうって意味なんだ』

私の思った以上に、むしろ私よりも御堂さんがいろいろと考えてくれていた。

御堂さんから贈られたこれは、愛を誓い合ったわけではないから感謝を形にした指輪なのか。なるほど、と思う。

その反面で、胸の奥に重いものが少しずつ存在を主張し始めていた。けれど、それをどう言葉にすればいいのか、伝えてもいいのかわからない。

私達、これからどうするんですか？

子供、すぐに作るんでしょうか？

何から始めたらいいのか。ごめんなさい。順番がさっぱりわからないです。

＊　＊　＊

「少々、ロマンチックが過ぎたかな」と言って、ホテルの控え室で御堂さんは私に指輪をはめた後にそっと薬指を撫《な》でた。

私は自分の呼吸音さえも、この甘く感じる雰囲気を壊してしまいそうで、小さく小さく慎重に息をしていた。

御堂さんの伏せた瞳を縁取る睫毛《まつげ》が落とす放射線状の影が印象的で、格好いい人は細部まで神様の手が込んでいるんだな――そんな風に、胸に居座り始めた重い何かをごまかすように考えた。

神様の手仕事。でもきっとそれだけじゃなくて、御堂さんは自身でも自分が周りからどう見られているのかを意識して、身だしなみから立ち振る舞いまでを気遣っているのだろう。

素敵な人だ。とても素敵だから、私は困ったことになっている。

ここは高原でもない、都内の杜の中に建つホテルの一室だ。滝もなければ山でもないのに、御堂さんから出ているマイナスイオンか何かしらの物質のせいで、私達二人の周りにはキラキラの空間が出来上がっている。

空気まで澄んでいると感じるのは、部屋に設置されている高性能な空気清浄機のせいだけじゃない。

息を細く吸って、吐いてを繰り返すのは結構苦しい。清浄な空気で思いっきり呼吸が出来ないのは、こんなにも至近距離に彼の存在があるからだ。何か喋《しゃべ》ってくれたらと思うのに、御堂さんは隣に座り、私の手に触れたまま黙っている。

私は私で、緊張して荒くなりそうな息遣いを悟られたくなくて、必死になっている。虫の息、というものを身をもって実践している。いや、虫の方が今の私より大きく呼吸しているかも。

せめてクラシックの有線でも流れていれば、と願う耳は、杜からの小鳥の囀《さえず》りとたまに微かに唸《うな》る空気清浄機の音しか拾わない。残酷《ざんこく》なまでに、贅沢《ぜいたく》な静けさ。

今まで好きな人がいたことはあったけど、お付き合いするまで発展することがなかった。こんなときには、どう男性に接するのがベストなのか、恥ずかしながら全然わからない。

まだ重ねられたままの指先を、私はどうしたらいいの。息は？　もうだいぶ苦しくなってきちゃった。それより御堂さんの距離感って近過ぎるよ。

重なったままの指先に全身の神経が集まったみたいで、移される熱に意識が全部持っていかれてしまっている。

「……ふ、あはは、緊張し過ぎだよ。ちゃんと呼吸しなきゃ」

「なっ、もしかして、わかってて黙ってたんですか！」

「僕にそんな余裕、あると思う？」

「カズくんなら、あるんじゃないですか」

意識し過ぎていたことに気づかれたのが恥ずかしくて、さっきのやり取りを持ち出してやり返した。

「カズくんって呼んでくれるんだ、嬉しいな」

にっこりと笑みを浮べる御堂さん。私もわざとらしく微笑み返す。

「一度しか呼びません。呼ぶ方も結構照れるんですよ」

すー、とこのタイミングでやっと大きく息が吸えた。新鮮な空気が肺の隅々に行き渡る。虫からやっと人間に戻れた。

この時間も空間もすべてが御堂さんのペースで、この世のことわりのすべてがこの人の思うがままの雰囲気。私もそれに完全に呑まれていた。

場を自分のフィールドに変えてしまう雰囲気作りや話術は、本当に恐れ入る。

御堂さんはふっと安心したように息を吐くと、私の顔を見て目を細める。

「これで安心して、仕事にまた打ち込めそうだ」

ぐんっとひとつ伸びをした御堂さんは、私からちょっとだけ離れてソファに座り直した。それでもまだ十分に近いけれど。

「仕事、楽しいですよね」

さっきまで一人で雰囲気に酔っていたことが急に恥ずかしくなって、言葉を探す。

「東子さんは、仕事は好き？」

「……はい。大変なことも多いし、納得出来なかったり不完全燃焼と感じることもあるけど、やり甲斐《がい》があります。考えるのも、作るのも食べるのも好きなので」

フード開発も広報の仕事も、どっちも大変だけど私は好きだ。この世に苦労のない仕事は一切ない、と父は昔から言う。

フード開発は旬の食材、調理法、盛りつけ、その先にあるお客様の反応を想像しながら意見を出し合って、試行錯誤した料理が新メニューに載るのが嬉しい。

広報の仕事だって、まずこの四ノ宮ホールディングスを知ってもらうことが大切だ。そこから繋がるご縁もたくさんある。

「あっ、もしかして、私は仕事辞めた方がいいんですか？　それは今さら困ります、本気で」

サッと血の気が引いた。夢の空間から現実へと急に引き戻される。

テーブル上のまだ口のつけられていない紅茶の入ったカップが、私が身じろぎしたことでテーブルが揺れ、カチャリと不快な音を立てた。

四ノ宮の家に生まれたからには、自分が動けるうちはずっとここで働きたいと思っている。

子供の頃はよく、東子ちゃんが男の子だったらよかったのにね、と親戚に言われたりもした。そのときの母の困ったような笑顔は、きっといつまでも心の隅に焼きつけられて離れないだろう。大人になった今なら、あの母の表情の意味がわかる。母は私が生まれてから、時間の経過とともにあの言葉を何度も聞かされていたんだ。

だから、私がちゃんとしなきゃ。しっかり四ノ宮を支えていかなきゃいけない。男とか女とか、もうそんなものは関係のない時代になったのだ。

「うん。辞めろなんて言わないよ。これが東子さんの出した結婚の条件だったんだから」

琥珀に似た色の瞳が揺れる。

「私達、もう入籍までしちゃってるんです。今さら条件が変わるのは本当に……」

「わかってる。そんなに不安にならなくて大丈夫だよ」

御堂さんは私を優しくなだめる。

「今度、一度きちんと話をしよう。今は一番注力しているのが仕事で、しばらくそれは変わらない。僕の勝手になるけど、パークが開園するまではどうしてもそれが最優先になる。だから、東子さんにも好きにしてほしい」

私は何度も頷くだけで、上手く返事が出来なかった。

二人のことなのに、私は困ると自分の気持ちばかりを押しつけてしまっている。御堂さんだって、急な結婚で思うことがたくさんあるかもしれないのに。

今日私が身につけているもの。薬指にはめてくれた結婚指輪。皆、私より何倍も忙しい御堂さんが用意してくれた。私はそれを一方的に受け取るばかりで、彼に何もしてあげていない。お礼さえも、まだちゃんと言えていないのだ。

「……指輪も、ワンピースも靴も、皆ありがとうございます。どれも好きな雰囲気のものばかりです」

「うん」

「大事にします、ずっと」

「すごく似合ってる。着こなす東子さんのセンスも選んだ僕のセンスも、最高だって再確認出来た」

こんなときにも軽く冗談を言って、気を紛らわしてくれる。

私が今、御堂さんにしてあげられることは正直わからない。けれど確実に出来ることは、四ノ宮ホールディングスの一員として仕事面で支えることだ。スターワールドジャパンのコンセプトに合ったフードの開発と提供をして、美味しくてお客様が笑顔になる料理で盛り上げること。

頑張ろう、頑張りたい。

「私、仕事をもっともっと頑張ります。それでスターワールドを一緒に盛り上げたい」

御堂さんは驚いた表情を浮かべた後に、白い歯を見せて、「君とは、最高のビジネスパートナーにもなれそうだ」と嬉しそうに笑った。

今思う素直な気持ちをまっすぐに伝えられて、私も嬉しくなる。やる気が湧いてきて、胸の奥のモヤモヤと重いものは見えないところへ隠れたみたいだ。

御堂さんとは、きっと上手くやっていける。

ビジネスパートナーだと思えば、こんなに心強い人は他にいない。だから大丈夫。

私も彼にとってそうなれるように精一杯努力したいと強く思った。

＊　＊　＊

婚姻届を役所に提出した翌週、総務部へ身上異動届、つまり結婚届を極秘で出していた。これをすれば総務の方で、保険や年金の変更の手続きをしてくれるという。あとは免許証と銀行の名義の変更。スケジュール帳に書き込んだ、やらなければならないことに、次々と完了のマルをつけていく。

そのたびに私を証明するものが、ひとつずつ彼の名字に変わっていく。

まるで新しい一人の人間がこの世に生まれたみたいだ。

私がベッドの中で指輪を眺めたりしている間に、朝の情報番組の中で、昨日の発表会の様子が短い時間だが取り上げられたらしい。

出社して、【御堂東子】とプリントされた真新しい社員証を胸につけると、次々と声をかけられ、たくさんの社員からお祝いの言葉をもらった。

スマホのトークアプリにも、連絡先を交換してあった高校や大学の友達からお祝いのメッセージが次々と届いていた。

「私、今日いろんな人に怒涛のごとく、ある質問ばっかりされてるんだけど」

「どんな?」

「突然過ぎる結婚について、皆が東子本人には聞けないこと」

昼休み。賑わう社員食堂を今日はパスして、会社近くの美味しいと評判のお蕎麦屋《そばや》さんへ来た。広報部の同僚でプライベートでも友人関係の江実《えみ》が、ご馳走《ちそう》をしてくれると言う。ランチには贅沢なお蕎麦屋さんの名前を冗談で言ったら、本当に連れてきてくれたのだ。

ランチタイムでも落ち着いた雰囲気で、並ばずに席に通される。注文をして、出された焙《ほう》じ茶《ちゃ》をいただいているうちにお蕎麦が運ばれてきた。

大海老《おおえび》の天ぷらからは、ごま油の香ばしい香り。出汁《だし》の利いたおつゆと蕎麦の上に、どーんと二本、頭と尻尾《しっぽ》が器からはみ出して乗っている。

茹《ゆ》でたほうれん草に、小口切りにされた葱《ねぎ》が添えてある。お蕎麦に一味を振れば、お出汁の利いた輝くおつゆの上に広がった。

「あー……贅沢!」

「これは、とりあえずの結婚祝いだからね。またちゃんと改めてお祝いするから」

江実の前には、四角いお重。しまりきれていなかった蓋を開けると、甘辛そうな食欲をぐっとそそる香りがする。同じく大海老の天ぷらが、艶々のタレをかけられて二本並ぶ。ご飯が見えないほどの海老のボリューム。

江実、自分の分もかなり奮発したな。

「結婚、おめでとう」

「ありがとう。結婚するって前もって言えてなくてごめん」

「あれ、発表まで秘密だったんでしょ？　今朝嬉しそうに部長に話してたよ、社長が」

「あらかじめ知ってたのは常務までだったからね。あとは総務の部長かな」

箝口令《かんこうれい》が敷かれていたので、身上異動届は直接部長へ渡して手続きをお願いしていた。

「本当、すごくびっくりしたよ。聞きたいことをひとつずつ上げてたらきりがないんだけど、あの副社長と知り合ったのって今回の提携絡みでしょ？　社長同士が同級生だったんだよね」

「うん」

「東子、パークのことでディヴェルティメントの資料集めが始まったとき、御堂さんのこと全然知らなかったのにね」

「……そうだったっけ？　お見合い結婚みたいなものだからね。食事とか、何回か行ったよ」

嘘です。食事もまだ一度も行ったことはないけれど、正直にすべてを話してしまったらたぶん心配をかけてしまう。

「でさ、突然の東子の結婚には皆びっくりしたわけだけど。皆は違うことでもびっくりしたみたいよ」

「えー、何。何だろ」

お蕎麦を啜《すす》る箸を止める。

「……新婚さんにこんなことを言うのは嫌だけど、もしかしたら誰かが聞いてくるかもしれないから。マキくんとは、どうなってたのって」

江実がお重に乗った天ぷらに箸を入れると、衣がサクリと音を立てた。

岡田慎《おかだまき》は、とても気もよく顔もいい、さらにセンスもある好青年だ。

同じフード開発部の同期で、入社した頃から彼の料理に対する閃《ひらめ》きは群を抜いていた。今やシェフチームの期待の星だ。

高い身長にアイドルみたいな甘めのルックス。大きな懐っこい犬みたいな親しみやすさ。人の目を見て話をするので、見つめられると思わずそらしてしまう、と壮年の係長まで照れていた。老若男女問わず、社内でのファンは多い。

入社した年の部署の忘年会で、誰かが『あいつは天からの福袋をしょって生まれてきた』と言ったのを聞いて、上手いことを言うなと笑ったっけ。全部当たり。ハズレのない福袋という意味らしい。

本人もそれを聞いて明るく謙遜しながら笑っていたけど、帰りには、実は照れて恥ずかしかった、と白い息を吐きながらこっそり打ち明けてくれた。

私とマキくんと江実。私達は同期なのと、仕事への姿勢や話が合うことがきっかけになって仲よくなった。江実と二人で親しみを込めて下の名前で呼ぶようになると、学生時代みたいだと笑っていた。

以前、私とマキくんが付き合っている噂《うわさ》もあると江実から聞いたことがあった。

リサーチをしに話題のカフェに二人で朝から並んだり、海辺のシーフードレストランへ行ったりしたけれど、それはあくまでも、一番の理由は仕事の参考になればという気持ちからだ。

それと、あのマキくんの閃きやアイデアはどんな瞬間に生まれるのか、考え方や感じ方を身近で見て、聞いてみたいのもあった。

マキくんは誰にでもフレンドリーに接していたから、私と付き合っている噂には戸惑った。そんなことを言ったら、社内全員の独身社員がその対象になるんじゃないかと、そのときは江実にそう答えたのだ。

まさか、まだその噂が生きていたなんて。

マキくんは格好いいと思う。だけど、恋愛感情を持つかと聞かれればそれはまた違っていて、頼れる同僚で友人という気持ちの方が大きく、強かった。

お昼に美味しいお蕎麦をご馳走になって、より意欲的に仕事に励めた。あっという間に終業時間になり、そろそろ帰り支度をしようとデスク周りの整理を始めたそのとき。

「彼氏いないって言ってなかったっけ」

いきなりそう声をかけられた。鞄に入れようとしていたスマホを、思わず落っことしそうになる。

隣のデスクから、こっちを見ている表情は不満げだ。ぶすっと不貞腐《ふてくさ》れている。せっかくの端正な顔が、人に見せちゃいけない顔になっている。

「マキくん、面白い顔になってるよ」

いつ彼氏の有無を聞かれたかは覚えていない。二十六年間ずっといなかったのは本当だ。

「四ノ宮が結婚するとは思わなかった」

「私だって、こんな急だとは思わなかったよ。あと、もう四ノ宮じゃなくて御堂だよ」

マキくんの変顔に気が緩み、思わず本音が出てしまう。

会話しながら椅子にかけていた上着を羽織り、軽く結わえていた髪をほどく。

「結婚のこと、先に言えなかったのはごめん。一応秘密だったんだ」

「それは何となくわかってる。でも四ノ宮はさ、それでよかったの？」

マキくんは、まだ私を新しい名字では呼ばないみたいだ。

それでよかったの？

マキくんが投げてきた言葉を、私はキャッチしながらもポンと投げ返すことが出来ずに持て余していた。

いいと思ったから結婚した。両親もあんなに喜んで、会社の皆だっておめでとうって言ってくれた。

なら、よかったじゃない。よかったんだ。そう自分に言い聞かせる。

ふと、小さな頃の自分の姿を思い出した。泣くのも喚《わめ》くのも我慢して、寂しくても明るく笑顔を作っていた。忙しく仕事へ向かう両親をお手伝いさんと見送った日々を。

その週末。御堂さんがわざわざ実家まで迎えに来てくれて、私は彼と新生活を始めることになった。

予定していた通り、御堂さんが暮らしているマンションへ引っ越しすることになったのだ。

まるでホテルのような美しく独創的なタワーマンション。二十四時間対応してくれるコンシェルジュは笑顔で迎えてくれて、セキュリティに関しても心配がない。

立地が駅のほぼ目の前なので、通勤にも非常に助かる。

部屋は定期的にハウスクリーニングが入って、キーパーさんが常に清潔に保ってくれる。

ずらりと並んだ何基ものエレベーターは、カードキーをかざせば在住するフロアまで止まらずに行ける。

私が生まれ育った実家は大きめの日本家屋だったので、大人になって自分がこんなに空の近くで生活を始めるなんて思ってもいなかった。

都内でも三本の指に入る高層タワーマンションの最上階。広いバルコニーを出れば、夜の東京の空を街に流し込んだような夜景が一望出来る。

たくさんの色とりどりの光が規則的に流れては止まって、点滅を繰り返すものもあれば、優しくその場で灯り続けるものもある。

大きめのカーディガンを羽織って、その光をぼんやりと眺めるひとときは私の日課になった。

始まった慣れない生活の中で、好きな場所やものを見つけたい一心だった。夜にこから夜景を眺めるのも、そのうち好きなことのひとつになった。

ぴゅうっと吹く冷たい風の中に近づいてくる冬の気配、移り変わる季節を、肌で感じる。

あっちの方角は実家。こっち側には御堂さんの会社。たくさんの光の中で、私のいるここも向こうから光って見えるのだろうか。

新生活の中で、御堂さんから二つのルールを提案された。

二人の生活時間を無理に合わせない。

ベッドルームを分ける。

ベッドルームに関しては『先に寝ている東子さんを起こすのはかわいそうだし、僕の寝相は相当悪いんだ』なんて言って悪戯っぽく御堂さんは笑ってみせた。

寝相に関しては、私も人のことは言えない。疲れていると余計にひどくなるようで、枕も、かけ布団もベッドの下へ落としたまま朝を迎えることもある。

だけど、私も同じなので一緒のベッドルームでも大丈夫です、なんて言うのって何か変じゃない？　それじゃまるで……まるで。

勝手に赤くなり、熱くなる顔を見られたくなくて、そのルールに何度も頷いた。

二つに分かれたベッドルーム。全く合わない生活のリズム。越してきて二週間。そう、御堂さんと私とは完全にすれ違う生活を送っていた。

御堂さんに関しては、まず毎日帰ってきているのかも怪しい。私が目を覚ました時間にもいないし、帰宅しても一人だ。ただ、真夜中過ぎに帰ってきた気配がするときもあったけれど、ベッドから起きておかえりなさいと言いに行くのもルール違反な気がして目を閉じ、再び眠りに就いた。

こんな奥さんでいいのかな。でも、御堂さんが言うビジネスパートナーなら、彼はきっと気にしていないだろうな。

マンションのシステムキッチンは広くて使い勝手がいい。越してきた当初はあまり使われた形跡もなくピカピカで、使って大丈夫なのかと何度も確認を取ってしまった。

好きに使っていいと言われ、それからは自由に料理を楽しんでいる。ミネラルウォーターだけが数本並んだ鏡面仕上げの大型冷蔵庫の中に、食材を使う分だけ入れて、小さな籠《かご》には季節の果物を盛った。

その日は昼間から、風が強く吹いていた。

パークのコンセプトに関する束になった資料が入った鞄と、帰りに寄ったスーパーで買った食材の詰まったエコバッグをリビングで下ろす。

ネット注文も出来るし宅配サービスもあるけれど、スーパーで食材や出来たてのお惣菜《そうざい》を自分で見て回る時間が好きだ。

リビングの、畳一枚分くらいありそうな壁かけテレビをつけると、気象予報士のおじさんと局のマスコットキャラクターが、今日木枯らし一号が吹いたことを知らせていた。

シャツにストレッチジーンズのラフな格好に着替える。資料を読み込みたかったので簡単に夕飯を済ませ、片づけた後に、座り心地のいい三人がけのソファの端っこに陣取った。

正直、私はまだここで遠慮をしながら生活している。汚しちゃいけない、散らかしちゃいけない。元々ここは御堂さんの部屋で、私は同居人のようなスタンスだ。

だけど、ちょっとずつでも慣れていきたい。この場所が自分の家と私も呼べるように、と思うけど、すべてが規格外でまだまだ驚くことばっかりだ。

コーヒーを淹《い》れて、改めて資料に目を落とす。

スターワールドは、世界中の童話をコンセプトにしたテーマパークだ。有名なお話から、マニアックなものまである。言い伝え、伝説、伝統。海や大地や空。世界中の人が創造し、物語にしたためたものを見て、触れて、体験出来る。

まるで本の中。何度も繰り返し読んで心を躍らせた世界や、知らなかったお話に実際に触れられるのだ。

この間の発表会では、日本ならではの昔話や童話をテーマにしたアトラクションが加えられる第二構想が伝えられた。

そのアトラクションの隣には、からぶき屋根風の大きな茶屋が再現される。そんな茶屋で提供される食べ物で浮かぶのは、おむすび、甘いおだんご、こっくりとしたぼた餅に、囲炉裏《いろり》で煮込まれた野菜のたっぷり入った汁物。

日本の童話なら、星空の中で鳥取りが捕まえた鷺《さぎ》のようなサブレや、打ち寄せる波が小さな雷のようにパチパチと弾けるのをイメージしたソーダ水。蠍《さそり》の心臓。赤いルビーみたいなパリパリとした真っ赤に輝く苺《いちご》の飴《あめ》がけ。

飲食の出来る茶屋風の店でどんなメニューをお客様に出したら喜ばれるか。がっかりさせないクオリティで、出来れば写真映えもするものがいい。

おむすびなら竹皮で包んだもの。昔話を忠実に再現するなら、きっと塩だけの白米のおむすびだ。たくあんを二切れほど添えて。美味しそうだけど、それだけじゃシンプル過ぎるかな。気軽に食べられる軽食にはいいけど、何かもうひと工夫がないと実現化はまだ難しそう。

ノートに、頭に浮かぶままにアイデアと思ったことを書き留めていく。

パークでのフードについては、基本的には本国からそのままレシピが送られてくる。それを日本風の味つけに調整したり、オリジナルのメニューを加えていくのが今回の四ノ宮ホールディングスの役目だ。

本国アメリカで一番人気のフードテーマパークは、建物の中に庭園を丸ごと再現した、不思議の国での三月兎《さんがつうさぎ》のお茶会を模したティールームだ。イギリスの有名な紅茶のブランド店が提携をしている。

もちろん日本のパークにもティールームが出来る予定で、幸いにもそのブランドとは、コラボレーションデザートをファミレスでリリースする際に一度組んだことがあった。日本でもそのティールームの再現を待ち望む声はとても大きく、再びのコラボレーションとなった。

日本でも、そんな風に国内外からも人気が出る、楽しみにされるフードを提供したい。ティールームのような華やかさは難しいかもしれないけれど、一度でも美味しそうだと想像した絵本の中の食べ物を作りたい、とフード開発部のチーム皆が意気込んでいる。

ソファの上で唸ったり黙ったり、立ち上がってみたり資料を読み返したりしていると、ガチャリと玄関の方から音がした。

そばに置いてあったスマホを見ると、時刻は二十二時を少し越えたところ。

一瞬警戒した。でもこの規格外なタワーマンションで何か起こるとは考えづらいから、玄関を開けて入ってきたのはオバケか彼しかいない。

オバケはカードキーを持っていないから、御堂さんだ。

立ち上がり、手櫛《てぐし》で髪を整える。緊張して心臓が大騒ぎしている。深呼吸を一度して玄関へ向かうと、ちょうど御堂さんが靴を脱いでいたところだった。

「おかえりなさい。お疲れ様です」

上手く自然に言えたかな。

「……ただいま。東子さんもお疲れ様」

初めての出迎え。お互いにそれがわかっていたから、何だか気恥ずかしいような不思議な雰囲気になった。

「今日、早いんですね」

リビングへ向かいながらそう声をかけると、御堂さんは「鈴木に、仕事が一段落した今夜くらいは早く帰ってくださいって、オフィスから追い出されちゃって」と答えてくれた。

柔らかな声。だけど微かな違和感。リビングでネクタイを緩める彼の顔を、ソファの上に広げた資料を片づけながら、ちらりと見た。

うっすらだけど、目の下に隈《くま》が浮いている。珍しく咳払いをして、御堂さんはソファにぼすんと体を預けた。

目を閉じて、ひとつ大きく息を吐いている。それから目頭を指で押さえて、ぎゅうぎゅうと揉《も》み込んでいる。

その様子は、相当疲労が溜まっているように見えた。いや、実際にものすごく疲れているんだ。きっと鈴木さんもこの様子を見かねて、早く帰るように促したんだろう。

それにしても、もうこんな時間だ。御堂さんは『まだ残る』と、よっぽど粘ったのかもしれない。

「あの、御堂さん。夕飯ってどうしました？」

「夕飯……まだだった」

らしくない、なんて言ったら変だけど、御堂さんは下を向いたまま答えた。

「じゃあ、残してもいいんで少しだけ何か食べませんか？　十分ちょっと時間をもらえたら用意出来ます」

今ある食材で、すぐ用意出来るもの。なら、あれが一番早い。

返事を待たずに、キッチンへ向かう。

小鍋に水を入れて、クッキングヒーターのスイッチを入れる。そこに白出汁とひとつまみのお塩と砂糖、生姜《しょうが》をすり下ろして沸騰を待つ。

冷凍庫からうどんの麺を出して、煮込んでいく。

鍋から器にうどんを移して、刻んだ葱と作り置いていた甘辛く煮た油揚げを乗せた。きつねうどん。今夜の私の簡単な夕飯と同じメニューだ。

初めて彼に作るなら、大層なものは作れないけれど、もっと手の込んだ料理をご馳走したかった。だけど、今は一分の時間も惜しい。

ダイニングテーブルの方と迷って、今だけは、と御堂さんがいるリビングのテーブルの方へうどんを運んだ。

「お待たせしました。一口でも、無理しないで食べられるだけでいいんで」

御堂さんは閉じていた目を薄く開けて、テーブルに置かれた熱々のうどんを見ている。ソファに預けていた身を起こして、器に添えられたお箸を手にすると「……いただきます」と呟いた。

キッチンへ戻って、冷蔵庫からミネラルウォーターとグラスを持って戻る。それから、リビングの端に置きっぱなしにしてあった自分の鞄の中から、持ち歩いている鎮痛剤を出してテーブルの上へ置いた。

「食べたら、鎮痛剤を飲んでください。頭が痛そうです。眼精疲労からもきてるのかな」

一口何か食べてもらえたら、薬を飲んでもらおうと思っていた。眼精疲労からくる頭痛はつらい。閉じても開けていても、目の奥がズキズキと痛む。ひどいと吐き気までしてくるし、光を感じるだけでも染みるように痛い。

そういうときはもう、パソコンやスマホの画面はとても見ていられない。痛みのピークでは薬の効き目も悪いかもしれないけれど、気休めでも何もしないよりは、と思う。

薬を飲むために一口だけでも食べてもらえたら。そう考えて用意したうどんは、目の前でするすると減っていく。ふぅふぅと気持ちいいくらいの勢いで、口に合うか聞く間もない。

うどん、好きなのかな。それともよっぽどお腹が減っていたのかな。

ふふ、と笑いを漏らすと、御堂さんはちょっと気まずそうな顔をした。けれど次の瞬間には、ごくごくとおつゆまで飲み干して完食してくれていた。

「……ご馳走様でした」

「おうどん、一杯で足りました？」

「……うん、すごく美味しかった。あー……そういえば、今日はコーヒーだけで他には何も食べてなかった」

空腹は最高のスパイスというが、さすがにそれは心配になる。御堂さんは渡した鎮痛剤を飲むと、ふーっと深く息を吐いた。

「お風呂の用意もしますね。今夜はゆっくり湯船に浸《つ》かってよく温まって、パソコンもスマホも開かないで眠ったら、明日には楽になりますよ」

「……何か」

「何ですか？」

「うん。今日は、鈴木の言うことを聞いて早く帰ってきてよかった。普段の東子さんの姿も見られたし、美味しいご飯も食べさせてもらったし」

普段の姿、と言われて恥ずかしくなったけど、よく考えたら別に普通の格好だ。これなら近所のコンビニにだって行ける。実家にいるときなんかは、もっと楽さを重視した量販店で買った部屋着を愛用していた。さすがにそれは実家に置いてきたけど、捨てずに私室のクローゼットにしまってある。

「毎日は無理だけど、都合がつきそうなときは早めに帰ってこようかな。今日のお礼に、連れていきたい旨い店があるんだ。どう？」

御堂さんは約束通り、翌週から一、二度は二十時頃には帰ってきてくれた。

そういう夜以外ではあまり顔を合わすことがないので、私は連絡をもらうとここぞとばかりに、あくまでもさりげなくおしゃれをして彼の帰りを待っていた。

そこから御堂さんは私を車の助手席に乗せて、麻布《あざぶ》の割烹や銀座《ぎんざ》の洋食屋、きっと日本で一番予約の取りにくいお寿司屋さんの職人さんが通うお薦めの小料理屋にも連れていってくれた。

私は二人きりのお喋りにも、贅を尽くしたお料理にも夢中になっていた。味つけや盛りつけにも勉強になることがたくさんあって、アイデアを書き留めているノートは、感想やイラストでどんどん埋まっていく。

だけど同時に、欲が生まれるようになった。

二人での食事は楽しいし、連れていってもらえるお店の料理は本当に美味しくて、たくさんのインスピレーションと刺激を与えてくれる。御堂さんもそれをわかっていて、きっと週に何日かは無理にでも時間を作ってくれているのだと思う。

ありがたいことだ。なのに食事の席で御堂さんが料理を口に運び、『美味しい』と言うたびに、私の作った料理にもそう言われたくてたまらなくなってしまう。

あの晩みたいに、私の作ったものをまた食べてみてほしい。一言、そう言えればいいのに。

なかなかそう言い出せない自分が情けないのと同時に、そんなことを言ってもいい立場なのかと悩んでしまっていた。

遅い夕食からの帰り道。夜の街を流れるように走る高級車の助手席で、ついうとうとしていると、御堂さんがふいに呟いた。

「来週は、久しぶりに東子さんの作ったうどんが食べたいな」

そう言ってもらえてびっくりしたのと同時に、嬉しい気持ちがポンッと弾けて眠気が一瞬で吹き飛んだ。

「作ります、おうどん！　それだけじゃなくて、他にもたくさん！」

「はは、たくさんか。じゃあペコペコになるまで、仕事を頑張らなくちゃ」

「それ以上は頑張らなくて大丈夫です。普通で、いつもくらいで。それでも働き過ぎなんですから」

そこで、ずっと気になっていた御堂さんの好きな食べ物や苦手なものを聞いてみた。大体何でも食べられて、唯一苦手なものは椎茸《しいたけ》なのだという。


その翌週は、御堂さんのリクエスト通りうどんを作った。それに炊き込みご飯や旬の野菜の煮物、デザートに作ったさっぱりしたゼリーまで平らげてくれた。

その次は肌寒くなってきたから、鶏肉と根菜のゴロゴロシチュー。急に早く帰ってきた月曜にはあり合わせの食材で急遽《きゅうきょ》お鍋にした。

お鍋をするために買ったカセットコンロをテーブルに置いて、野菜や海鮮を入れた土鍋をセットする。しばらくすると立ちのぼり始めた熱い湯気の向こうで、御堂さんが煮える鍋の具を楽しそうに見つめている。

お鍋、好きなのかな。今シーズンは、鍋料理を多めにしよう。

ふふ、実はお出汁のひとつにと入れた椎茸の存在に、御堂さんはまだ気づいていないみたいだ。

椎茸アレルギーではないと言っていたので、本体は私がこっそりいただいて、御堂さんには美味しいお出汁の方を味わってもらおう。シメは雑炊か、またうどんか。

二人で一緒に夕飯をともにするこのときだけは、時間がゆっくり流れている。

仕事の話が中心になるけれど、向かい合ってリラックスして、温かいものを食べる。

この空間が丸ごと愛《いと》おしく感じて、じんわりと温かい気持ちになっていた。


その気持ちが特別なものだと自覚し始めたのは、どうしても仕事が押していて帰れないと、わざわざ御堂さんが電話をくれた夜だった。

がっかり、と同時にものすごく落ち込んで、無性に泣きたくなってしまった。それを隠すように明るく何でもないように振る舞って、通話を終える。

取り繕わない言葉が、ぽろりと落ちる。

「……寂しいって、思っちゃった」

温めていた二人分のカレーがくつくつと音を立てている。

さっきまで空いていたお腹のことも忘れて、私はその場にへたりとしゃがみ込んでしまった。

第三章

寂しいのには、慣れているつもり。

――だったのに、私は久しぶりに狼狽えてしまった。

彼の存在は予想以上に早く、私の中で大きくなってしまっているみたいだ。

親愛とは違う。でも怖くてその名前はまだ知りたくない。もし、もしも、この気持ちが本当にあれだとしたら。

それって、ちょっとややこしいことになるんじゃない？


ディヴェルティメントとの提携を正式に発表してから、メディアから四ノ宮への取材の申し込みが以前より一気に増えた。

広報部は社外広報と社内広報でチーム分けがされている。さらにそこから今回のパークに重点的に対応するチームも作られ、万年の人手不足に拍車をかけていた。

パーク対応は私を含め三人。そこで取材やマスコミへの対応をしているので、私が担当だとわかるとプライベートな話題を聞き出そうとする人が出てきてしまって、困ったことになった。

そういう人は取材を終えると、オフレコと称して御堂さんとの馴れ初めや新婚生活を聞き出したがる。そのたびに笑顔でかわし、ノーコメントを通すのにも少し疲れてきてしまっていた。

『こんなに綺麗だと、人生もイージーモードでしょう？　お母さんが美人でよかったね』なんて言う人もいた。本当に私が何の努力もしないでいるとでも思っているのか。目の前で引きつり笑いをする私の目の下には隈も浮いているし、肌だってコンディションが悪い。もっと言えば、疲れも取れにくいし、先週奮発して買った書きやすいボールペンも速攻でなくした。

それらを隠すためのコンシーラーや化粧水、サプリや栄養ドリンクの存在を、この人は想像しようともしない。

与えられたものだって、放ったままだと光を失っていくのに。

すっぴんでも綺麗なままで、寝なくても元気で冴《さ》える頭で仕事もバリバリこなし、好きな人に愛してもらえる方法があるならぜひとも教えてほしいよ。

……とは言えないので、四ノ宮の広報、そしてディヴェルティメントの副社長の妻の立場として、イージーモードで羨《うらや》ましいと言われた顔で、とびっきりの笑顔を浮かべながら話をバタバタと畳み込んで切り上げる。

広報は会社の顔だと心に言い聞かせても、私生活について勝手な憶測で入り込み過ぎた質問をされると、さすがにぐったりしてしまう。

ディヴェルティメントでもこんな質問をする人がいるのかなと、ふと考えた。

でも取材に御堂さんが直接対応することは普段あんまりないだろうし、同じような質問をされても、彼なら上手くかわしそうだと思ったら笑ってしまった。

そんな中でも、注目のテーマパークでの全面的なフード提供について、アトラクションとともに食に関しても相当の関心を持たれていることもひしひしと感じている。

まだ公表出来ることは少ないけれど、楽しみに待っていてくださる方々のためにもチーム一丸で頑張らないといけない。

なのに。

もちろん、広報の仕事だって大切だ。社会人として、四ノ宮の一員としてそれはちゃんとわかっている。フード開発の仕事も同じくらいに大事で、なのに今どちらにも全力で集中出来ない自分を歯がゆく思ってしまう。

二つの部署をかけ持ちさせてもらえている、そんな特例の中でどちらにも全力を出せない原因が、私の頭の中でキラキラと今日も笑っている。

白馬ではなく、深いチョコレート色の高級車。手綱ではなくハンドルを握る御堂さん。信号待ちで停まるたびにこっちを見てニコッと笑うので、私までそれが当たり前になって、車が停まるたびに御堂さんの顔を見るようになってしまった。

自宅で夕飯を食べた後に、軽くドライブに誘ってくれることがある。私がこの車の助手席で、流れる夜景の中を泳ぐような感覚が好きだと言ったからだ。

ハンドルを握るあの御堂さんの大きな手が私に触れたのって、最後はいつだっけ。考えるほどに、胸の中をかき回すモヤモヤがひょいっと顔を出しては隠れて、こんな風に不安の存在を主張している。

母とランチの時間が取れたのは、本当に久しぶりだった。

といっても休日にゆっくりカフェでワンプレートランチとはいかず、社食からケータリングという形で応接間に届けられた日替わり定食だ。

平日の昼休み。帰りに実家に寄ってもよかったけれど、気兼ねのない家に一度腰を据えたら、きっとお尻に根っこが張って帰れなくなるので今日はこんな形になった。

四ノ宮ホールディングスの社食は、他社から商談や社用でやってくる人も時間を合わせて食べてくれるほど人気が高い。

炊きたてご飯や熱いお味噌汁《みそしる》はおかわり自由。お漬物も数種類好きなだけ食べられるようになっている。

今日の日替わり定食はミックスフライ。特に人気のあるメニューで、今日もサクッと揚がったアジフライが大変美味しかった。

今日、社長は新しく建設された自社の食品加工工場の視察のために不在で、社長秘書でもある母が今、食後のお茶を淹れてくれている。

珍しく残った母に、どうしてと尋ねてみると、どうやら父にいろいろと託されたらしい。可愛い一人娘の新生活の様子を聞き出してほしいと、今日は第一秘書の母を置いていったようだ。

結婚話を持ってきたのは父本人なのだから、私に直接聞けばいいのに。

「そういうわけにもいかないみたいよ。私も東子に聞けばって言ったんだけどね」

私がお茶を淹れると言っても、まあまあ、と座っているように言われ、そのまま母に甘えてしまった。

「はい、お待たせ」

手の中に収まるころんとした湯呑みから、香ばしい匂いがする。緑茶ではなく焙じ茶なのは、私が好きだからかな。

社内で顔を合わすことや、ときどきトークアプリで連絡を取り合うこともあるけれど、実家を出てから何だかバタバタしてしまって、こんな風に二人でお茶を飲むのも久方ぶり。

落ち着いたベージュ色のストールを膝にかけて、母が話をする姿勢に入る。あのカシミヤのストールは、私が一昨年のクリスマスプレゼントに母に贈ったものだ。

寒がりの母があのストールを使い始めると、もう少しで本格的に季節が冬へ移るんだなと、ある意味で目安のように勝手に感じている。

「で、新生活はどう？」

母は単刀直入に切り込んできた。まっすぐに私を見つめてくる強い力を秘めた目。その相変わらず魅力的で美しい顔は、やっぱり好きだなって思う。

「……やっぱり私、お母さんの顔が好きだわ。肌も綺麗。秋になって基礎化粧品のライン変えた？」

「ちょっと、そういう話じゃないでしょ。それに、私に似てるの、あんまり嬉しくないのに？」

「違うよ。似てるから、それを理由にいろいろと表に引っ張り出されるのが嫌だったの。嬉しくないわけじゃないよ、大好きだよ」

広報と開発の兼任だって、これが原因のひとつだ。四ノ宮の顔として社内外に対応するなら、話題性も含めて娘の私がいい、と父親である社長の一声で決まってしまったのだ。将来、四ノ宮を継ぐならいろいろと経験はしておいた方がいいという役員達の推す声にも負けて、結局承諾してしまって今に至る。

「新生活、ね。とにかく驚くことがいっぱいかな。結婚して名字が変わると、しなきゃならない手続きが結構あるんだね」

「まぁ、そうなんだけど。聞きたいことはそこじゃないかな」

「あはは。だよね」

わかっている。きっと両親は、結婚した私が大事にされているかとか、困ったことがないかとか心配しているのだ。自分達や周りが盛り上げた結婚話だったから、もしかしたら今さらになって負い目に感じているんだろうか。

「大事にしてもらえてるよ。好きなことをさせてもらってる。あと、一成さんの顔面がよ過ぎて、たまに二度見しちゃう」

母は思わずといった感じに吹き出して、「私も、初めて顔を合わせたときには、失礼だと思ったんだけどもまじまじと見ちゃったわ」と教えてくれた。

「顔面に吸引力があるよね。目が勝手に惹きつけられちゃう。時代が時代なら、ゼウス様に星座として召し上げられちゃってたかも。ライバル視されて」

「あら、それは大変！　ふふ、神様のライバルなんてすごいわね」

「でもそれは嫌だな。寂しくて私はオリーブの木になっちゃうよ」

それから、お互いに忙しい中でもたまにご飯を一緒に食べること、バルコニーから見える夜景が綺麗なこと、リビングに置かれた大きなソファの隅っこがお気に入りになったこと——始まった新しい生活の中で見つけたことを、いっそう楽しく感じているように話してみせた。不安に思うことも正直たくさんある。だけど今はそれを伝えるときじゃない。

余計な心配をかけたくない、大人になった私。

本当は心配してほしい、子供のままの私。

今回も大人の私が、子供の私をなだめた。

「この間は、彼の苦手な椎茸をお鍋の具にしたんだけど、いつ気づかれるかある意味スリリングだったよ」

「あら、一成くん椎茸食べられないの？」

「食べられないことはないんだけど、食感が苦手なんだって」

頭に浮かぶのは、お鍋をした夜の出来事。こっそり具に入れた椎茸を、私が食べて証拠隠滅してしまうよりも先に御堂さんに見つかってしまった。

好き嫌いをなくしたいわけではないし、人の苦手なものを無理に食べさせる趣味もない。

『いいお出汁が出るんですよ』と言って、二つ入れた椎茸の両方を自分の取り皿によそう。御堂さんの取り皿に、ぷりぷりの海老とよくお出汁の染みた白菜、鶏肉のつみれをよそって渡すと、彼は何だか納得いかないという顔をした。

『椎茸は、二つとも東子さんが食べるのか？』

『だって、御堂さん、椎茸苦手じゃないですか。私はお鍋に入った椎茸も大好きなので、あげませんよ。独り占めします』

見た目が可愛らしくなるのと、火が通りやすくなるように花の飾り切りをしたむっちり肉厚の椎茸。食べるの楽しみにしてたんだよね。

ひとつ、ポン酢をつけて慎重に口に運ぶ。

『ッ！　あつ、ふあ、美味しっ』

じゅわっと熱々の椎茸からは、海鮮や野菜の美味しいお出汁の味もする。やっぱりお鍋に入れて正解だった。

私が熱い椎茸をはふはふ齧《かじ》って幸せを噛《か》みしめているのを見ていた御堂さんが、思いもよらないことを言ってきた。

『僕も、食べてみたい』

意外な申し出にきょとんとしていると、彼はあーんと口を開けてみせた。

え、これって私に食べさせてほしいってこと？

『……一度口に入れたものを、出して残したら怒りますからね』

照れ隠し半分にそう言って、私の取り皿にあったもうひとつの椎茸を御堂さんの口に運ぼうとして、さっきの椎茸を入れた口内の熱さを思い出す。

『これ、すっごく熱いので、ちょっと待っててください』

ふーっと息をかけて表面をいくらか冷ましてから、再び御堂さんの口元に持っていくと、待ってましたとばかりに勢いよくぱくりと一口でいった。

それから、明らかにちょっと困ったような表情を一瞬浮かべてから咀嚼《そしゃく》して、ごくりと飲み込む。

『お、美味しかった……』

『無理しないで。はい、お水』

ごくりと、グラスに注いだミネラルウォーターが飲み干される。

『……だって、東子さんが食べてるの見たら、本当に美味しそうだったから』

普段の整った顔をふにゃりと柔らかくして、照れくさそうにした顔を思い出す。顔や姿の格好いいところだけじゃない。御堂さんはたまにこんな風に、素の部分も見せてくれるようになった。嬉しい、と思う。

でもこんなときも、あのモヤモヤはじわりと心の隙間から顔を覗《のぞ》かせてくる。

お姫様扱いしてくれる彼に、私一人だけが胸を高鳴らせている、と。

触れられたりしたそんなスキンシップは最初だけで、今はなくなってしまったのは、私に魅力が足りていないからだとモヤモヤが囁《ささや》く。

私達は、夫婦だけどキスのひとつもしたことがなく、同じマンションに暮らし、たまに一緒にご飯を食べる。

彼は私に優しく完璧で、勝手に小さく傷ついているのは私だけ。そんなことは言えやしない。

だから、楽しいことだけを話す。

母は、そんな私が語る話をうんうんと楽しそうに頷きながら聞いている。きっと今晩、父に話して聞かせるんだろうな。

ひとしきり私の話を聞くと、ふうっと息を吐いた。

「……とりあえず安心したわ。でも何かあったら、何でもいいからすぐに相談してね。

あなたにしたら、何を勝手なことを言っていると怒るかもしれないけど」

本当に言ってほしい、と念を押される。けれど、これも慣れたものだ。この後に言われる言葉は、こう。

「東子は昔から何でも一人で悩んで、抱え込んでしまうから」

お酒を飲んだって、根本的な悩みは解決しない。ひとときそれを忘れたり、どうでもよくなるだけで、酔いが醒《さ》めればそのまんまの現実が正座してこっちを向いて待っている。

仕事は山のようで疲れは抜けず、御堂さんを魅了することも出来ないで、夫婦だけど……私の一方的な片想い状態だ。

ああ、ついに認めてしまった。

今晩飲んだ、あの見慣れないラベルの赤ワインのせいだ。酔うと、隠していたいものがうっかりと出てしまう。

ビジネスパートナーとして頑張ろうと意気込んでいたのに、私は御堂さんにいつの間にか恋心を抱いてしまった。

きっと発表会のあった日、初めて会ったあの瞬間に恋心は産声を上げたのだ。

私は好きになってしまったけれど、逆にあんな格好いい人に好きになってもらう自信は小指の先ほどもなくて悩んだ結果、この恋心をごまかしながらいつか静かに落ち着くのを待とうと決めた。

恋心は子犬に似ている。子犬は御堂さんを見つけるとはしゃぎ回り、自分を構ってほしい、見てほしいと大騒ぎする。

飼い主の私はそれを『待て、待て』とたしなめて、抱き上げて御堂さんを見えないように、そして彼からも子犬の存在をわからないようにする。

そうすればいつか子犬は大人になり、落ち着き、恋心は家族に持つ親愛に似た気持ちにきっと変わる。

だけど、本当にそれでいいの？とモヤモヤが主張する。だって夫婦なのだ。憎い相手でなければ、多少は好きになってほしいと思うのはきっと自然なことで、しかもあんなイケメンで仕事が出来て、ふいに可愛いと思わせてくる……うん、御堂さんが全面的に悪いわ。そういうことに今はさせてもらおう。

常駐のコンシェルジュに、こんばんはと挨拶をしてエレベーターに乗り込み、ごそごそとポケットから出したカードキーをかざす。

片手には花束と通勤鞄、もう片手には鯛焼《たいや》きが入った紙袋を持って、いつもより少し飲み過ぎたせいで勢いよく玄関のドアを開けた私の前には。

「……飲んできたなら、ちゃんとタクシーで帰ってきた？」

スーツじゃなくてあまり見ないラフな私服。シャツに黒いジーンズの御堂さんが訝《いぶか》しげな顔をして立っていた。

あれ、何で？

へらり、とごまかし笑う私に、御堂さんは無言だ。

今夜も御堂さんは遅いと思っていた。だから、同僚との飲み会があるとだけ、トークアプリでメッセージを入れて。

「だって、ここ駅から近いし、むしろ目の前なんで……」

そう咄嗟に言い訳をしてしまっても、御堂さんは口を結んだまま私の顔を見ている。

こんなタイミングがきっかけにならなくてもいいのに、同居をスタートしたときに言われたことが、焦った頭の引き出しから今になってスッと出てきた。

『飲酒したら、どんな距離でもタクシーで帰ってくること』

私も御堂さんもお酒が割と好きなことがわかったときに、二人で暮らすうえのルールのひとつにこれが加えられた。

御堂さんがお酒の伴う仕事のときには鈴木さんが送迎してくれるけど、私は普通に電車と徒歩だ。それを心配された。

だけどその後、仕事の後に飲みに行く暇も余裕もなかったので、頭の引き出しにしまい込んだままになっていた。

今さら出てきても遅いよ。お会計の後にひょっこり出てきた小銭じゃないんだから。

今夜は仕事帰りに、江実とマキくんと三人で会社近くの行き慣れた小さなバルへ寄って、ワインをボトルで二本空けた。ほぼ飲んでいたのは江実だけど、私はここのところずっと溜まっていた仕事のストレスのせいで、グラス二杯ほどですっかり出来上がってしまった。

マッシュルームと海老のアヒージョ。くつくつ煮えるオリーブオイルにテンションが上がる。『生ハム頼む？　いつものチーズあるよ！』と、丸い小さなテーブルの上をつまみでいっぱいにして楽しくなる。

よく漬かったオリーブをひと粒、口に放り込むと自然に頬が緩む。

仕事の愚痴から始まり、そのうちに酔いが回ってくると、仕事に関する将来の展望を語り出す。いつもの変わらないパターン。ケラケラ笑い、泣き、励まし合い、明日への活力にする不定期で開催される飲み会だ。

腕時計の指す時刻は二十一時を半分越えた頃。帰り道、バルの隣の生花店で、江実が結婚のお祝いにと花束を買ってプレゼントしてくれた。マキくんは駅ナカに入っている鯛焼きを、私と江実に買ってくれた。

二人からのお土産《みやげ》に気をよくした私はいつも通りに電車で帰宅し、ふわふわした足取りのまま帰ってきたところを御堂さんに見つかってしまった。

まさか、今日は早く帰ってくる日だとは思わなかった。

「……心配した」

「ご、ごめんなさい……言い訳じゃなくて、先に謝るべきでした」

約束を破ってしまった。ごめんなさいと謝る前に、格好悪い言い訳をしてしまったのが猛烈に恥ずかしい。

「トークアプリにメッセージを送っても、既読もつかないし」

仕事中はずっとスマホをミュートにしているのを、そのまま解除するのを忘れていたみたいだ。会話に集中したくて、スマホは飲み会からずっと鞄にしまいっぱなしだった。

いろんな小さなことと、ひとつ大事なことを忘れた結果がこれだ。さっきまで押し寄せていたささやかないい気持ちが、今度はサーッと波のように引いていく。

いたたまれない気持ちで御堂さんの言葉を待っていても、ひたすら沈黙が流れるばかりだ。パンプスを脱ぐタイミングも逃したままで、花束と鞄と、甘い鯛焼きの入った袋をぶら下げたままで突っ立っている。

……約束を忘れたことで、うんとがっかりさせてしまったかもしれない。

好きな人に、嫌われたかもしれない。

そう思ったら、御堂さんの顔を見ていられなくなって、思わず下を向いた。じわり、と勝手に湧いて溢れた涙が、ぱたぱたと大理石の床材に落ちる。

恥ずかしい、恥ずかしい。勝手に泣いているのも、誠意を込めた謝罪の言葉が喉につかえて出てこないのも。

まだ残っているお酒の酔いが涙腺《るいせん》をゆるゆるにして、泣くなんてズルいと思うほど涙が止まらなくなる。

もう一度顔を上げて、謝れ、私。

心配させてごめんなさいって。

濡《ぬ》れた目元や頬を袖で拭って、メイクが崩れたって今は構わない。

だけど、それを上回るほどに、私のしたことにがっかりした表情を浮かべた御堂さんの顔を見たくなかった。

怖い。出会ってから甘やかされてばかりだったから……。

そうして、あ、と気づいた。

……私、御堂さんに自然に甘えてたんだ。

「……私っ――」

――顔を上げようとした瞬間。

いつかの記憶が蘇《よみがえ》る、オードトワレの微かな香り。頭の中がチカチカと混乱する。状況を理解する前に、すっぽりと大きな体に包まれて、背中に回された腕に力が込められた。

「あっ」

御堂さんに抱きしめられていたのはほんの一瞬で、私の体は容易《たやす》くその場で持ち上げられてしまった。お姫様抱っこ、ではなく、担がれて。

駄々をこねた子供を最後に父親が担いでいくように、私は玄関ホールからひょいっと持ち上げられる。

履いていたパンプスはぽいっと脱がされてホールに投げられた。かつん、と音を立てて転がる。右と左が離ればなれになったそれは、まるでシンデレラがお城に残してしまったガラスの靴に見えた。

廊下に落ちる通勤鞄。それから花束、鯛焼きの入った袋がぽつんぽつんと置き去りにされる。迷子の兄妹が目印に落としていったパンの欠片《かけら》みたい。

無言の彼に何も言えない私。ただ込み上げてくる涙を止めようとするほど、小さく声が漏れた。

廊下からリビングへ、そうしてソファへゆっくりと体が下ろされた。お気に入りの角。隣に座った御堂さんが顔を覗き込んできた。

目が合う。

ぼさぼさになってしまったであろう髪を、伸ばした手で整えると、彼が指で涙を拭ってくれる。

「東子さん、ご飯ちゃんと食べてる？　予想より軽くてびっくりしたよ。急に抱き上げちゃったけど、気分は悪くない？」

「……それは大丈夫です、びっくりしたけど……御堂さんって力持ちなんですね」

「女性一人くらいなら、いつでも普通に抱き上げられるよ。落としたことないし」

……カッチーン。心の中の子犬が唸り出すけれど、噛みつくには分が悪過ぎるしタイミングも最悪だ。約束を破った私が、いろいろ言える筋合いはない。

だけど、本人にそのつもりはないかもしれない。もしかしたら私の深読みのし過ぎかもしれないけど、やっぱり過去の女性と比べられるのはつらい。

さっきまで出かかっていた謝罪の言葉が、しゅんと小さくなってしまった。まず先に謝らないといけないのに、過去の女性遍歴をチラつかせられて、ちっちゃなプライドが傷つく。

ふつふつと、怒りに似た感情が湧いてくる。今、そんな場合じゃないのに。

落としたことがないってことは、つまりそういうことだ。どんなシチュエーションだったか、そんなのは聞きたくないし考えたくない。

謝りたかったのに、過去の彼女達への勝手な嫉妬が心の中に嵐を起こす。

そうして、謝罪の言葉を押しのけて、ぽろりと勝手に言葉がこぼれた。

「……やだ」

「うん？」

「他の……他の女の人と比べたりしないで」

「比べたりなんてしないよ、今は東子さんが僕の奥さんなんだから」

頭のいい人は、煽《あお》りも上手い。わざとなのかな。今と言いながら昔を主張する。胸がぎゅうっと絞られるように痛くて、さらに涙と言葉がぽろぽろとこぼれる。

「わ、私は、御堂さんの過去の彼女さんと比べたら、魅力的ではないと思いますが

「……！」

見たことのない過去の彼女さん達に恥ずかしいほど嫉妬している。だって彼女達はきっとこの温かい腕に抱かれたんだ。手を繋いだり、抱き寄せられたりしたのだ。

過去のことを言っても仕方がないのは十分わかっていても、言い返してしまったことで止まらなくなってしまった。

「見た目だって、会社だって、皆、生まれたときからあったもので、自分が努力した結果じゃないの。私はそれを抱え込んで落とさないようにいっぱいいっぱいで、だけど」

まるで通り魔みたいに、尖《とが》った言葉を突然振りかざしてくる人がいるから。恵まれていていいね、美人はいいね、苦労なんてしたことがないでしょうって。

私はいつもこう答える。否定しても肯定してもどうせ納得してくれないのだから。

『ありがとうございます』

傷ついていないふりをして、皮肉の意味がわからないと明るく振る舞って。

「何にもないの、私自身が。皆、与えられたものばかりで、それが全部なくなったら私は何にもなくなっちゃう。何にも残らない」

この結婚だってそう。四ノ宮ホールディングスとの提携で得られるものが大きいから、親達が勝手に盛り上げた結婚話に乗ったんでしょう？

……御堂さんだって、私が四ノ宮の娘じゃなかったら結婚しなかったよね？と言いかけて、これだけはぐっと堪えた。

これはもう八つ当たりだ。心に抑え込んでいた不安や不満が、一気に雪崩《なだれ》のように御堂さんに向かってしまう。

最悪だ。最低の甘えだ。どうしてもっと素直に可愛らしく出来ないんだろう。

ごそりと人が動く気配がして、びくりと身構えると、両方の頬をぎゅっとつままれた。

「ひゃっ、何」

つまんだ張本人の御堂さんは、すごく真剣な顔をしている。

それがすごく怖くて、怒らせた、失望させたと子犬が尻尾を巻く。今まで出来るだけ叱られるようなことをしないで穏便に生きてきた私は、イケメンの怒ったような顔というだけで縮み上がってしまう。

じり、と後ろへ距離を取ろうとすると、頬をつまんでいた指が離され、頭をぐりぐりと撫でられた。大きな両方の手の平で、さっき手櫛で整えられた髪はもうきっと見る影もない。

ニッと今度は笑って「東子さんはさ」と御堂さんが言う。

「東子さんのいいところさ、まず作る飯は最高に旨いでしょ。それから所作が何をしても綺麗だし、それに母さんの実家で昔飼ってた犬にも似てる」

「……え、犬？」

あれ。今シリアスなムードだったのが、実家の犬の出現によって一気に変わる。重かった空気が少し軽くなった。

「うん。僕が遊びに行くたびに毎晩一緒に寝てたんだ。可愛い犬でさ、表情がくるくる変わって、頭のいいボーダーコリーで……」

「待って。犬に似てるって言われても、あんまり嬉しくないかも」

「えー、エレナの話をしたのは東子さんが初めてなんだけどな。エレナって犬の名前ね」

私は犬と同等なんだろうか。いや、犬は可愛い。犬は私も大好きだし人類のパートナーだと思っているけど。私とエレナ。顔が似てるのかな、それとも性格が？

「犬は嫌い？」

「……大好きです。犬に似てるって言われたのがちょっと複雑なだけで」

「好き？」

「大好き、です」

ふふ、と満足げに笑う御堂さんが両手を広げて「おいで」と誘う。

私はいろいろ言ってしまったのを気まずく思いながらも、えいっと勢いで身をその胸に寄せた。

いい匂い。御堂さんのいつものオードトワレの香りだ。一日経ったその香りは、体温と混ざって微かにするるばかりだけど、このくらいが一番好きかもしれない。

ドキドキするよりも、今は不思議と安心している。

「僕も、東子さんの気持ちがわかるよ。いろいろ言う奴は多いからね、特に相手が男だと容赦してくれない」

御堂さんは胸に顔をうずめた私の後ろ髪を、丁寧にゆっくり梳《と》く。

「悩んだこともあったよ、傷つかないわけじゃないからね。で、考えるんだ。もし僕の会社が潰れたらって。きっと皮肉を言った奴らは喜ぶんだ。わざわざ優しい言葉をかけてきて、僕の反応を楽しむ」

「……いきなりですね」

「そう？　でも僕は負けず嫌いだから、また会社を立ち上げる。身をもって学んだことは消えたりしないから、また一からやり直してディヴェルティメントを再建する。

この容姿だって利用出来るときにはするし、今持っているものは全部僕のものだから」

そう言って、力を込めて私の体を抱きしめる。それには私も含まれてる?とは聞けなくて、黙った。

「もう会社の看板みたいなものだからね、この顔も体も全部。なるたけよく見せなきゃなんだけど、本当はもっと楽な格好が好きなんだよ」

今乗っている大きな高級車より、実は小さなミニクーパーが好きなこと。コーヒーにはお砂糖を入れないと飲めないこと。ジムに行くのが面倒で会社の一室をマシーン置き場にしようと提案して、鈴木さんに即却下されたこと。

「イメージ壊しちゃったかな」と聞かれて、私は慌てて首を横に振った。

「妬みたい奴は、構わず放っておけばいい。笑われたって、笑い返すようなことはしない。僕は好きなものをそばに置いて、好きなことが全力で出来ればそれでいいんだ」

柔らかくゆっくりとした口調に、じわりとまた目頭が熱くなる。

「東子さんも、四ノ宮のために頑張っているだろう?　君が妖精《ようせい》か女神様なら、僕の生気をいくらだって分けてあげるのに。透き通るような肌に浮かぶ隈も扇情的だけど、心配で仕方がない」

柔らかな言葉でも、私を包んでくれる。

「東子さんが持っているものは、自身の努力で掴《つか》んだものだよ。綺麗で可愛くて努力家で、それにユーモアに溢れた一面もある。こんな素敵な人に奥さんになってもらえたから、僕は随分と心配性になったみたいだ」

耳元に甘く低く落ちる言葉に、胸が満たされていく。

「……今日、今日は本当にごめんなさい」

たまらなくなって、御堂さんの背中に腕を回す。ごめんなさい。気持ちが込み上げるほどに力が入ってしまう。

ああ、この人のそばにいたいな。

この人が大事にする、その輪の中に私も入れてほしい。

背中に回した手で、自分の薬指の指輪を撫でる。どんな形であれ、これが御堂さんのそばにいられる権利なら、私はそれを守るためにすべて受け入れてしまおう。

「うん、いい子」

そうくすぐる声で囁かれて、顎にかけられた指先で上を向かされる。

御堂さんの瞳が私を映す。

……キスされるんだ。

瞳に映る自分の姿が恥ずかしくて、そっと目を閉じる。

生まれて初めての……と待ち構えていたら、お互いの鼻先を子供のキスみたいにくしゅくしゅと擦りつけられた。

予想外のことにびっくりしてパッと目を開けると、さっきよりもうんと近いところに、目の前に御堂さんの顔が。

すごく楽しそうな表情でにんまりしている。私は一人でその気になっていたのが猛烈に恥ずかしくなって、寄せていた体から離れようとした瞬間。

「隙あり」

唇に柔らかいものがちゅっと落とされ、押しつけられる。

一瞬で離れたそれは生まれて初めての感触で、真っ赤になった私の顔を眺めて、御堂さんは「可愛い」と呟きながら、今度は私の額にゆっくりと唇を落とした。

スターワールドジャパンは、建設中ながらその面積に関しては既にテーマパークでは日本一だ。東京ドーム約百十個分だというけれど、数字だけじゃ何だか正直ピンとこない。

ふと、小学校の算数の先生が『ドームにはこの教室が約七百五十室分入るんだよ』と言っていたのを思い出して、頭の中で想像してみた。それでもとにかく広い、としか言えない。その敷地の中にはアトラクション施設や飲食店だけではなく、パークを一望出来る巨大なホテルも建つ。そこで宿泊も、そしてホテルの目玉になる挙式も行える仕様になる。

ディヴェルティメントアトラクションズの前身は不動産業だ。今でもいくつかの星がつくホテルを所有し、この建設中のホテルももちろん星つきになることを前提としている。その中でのフード提供と提案も一部、四ノ宮ホールディングスが請け負うことになっていて、レストランの総料理長から部門シェフまでの選抜に協力した。

気軽に楽しめるカジュアルレストランの他に、もうひとつ。特別な日のための、ドレスコードが指定されたラグジュアリーなリストランテのためだ。

総料理長はグランメゾンからの引き抜き。スーシェフは四ノ宮のフレンチレストランやディヴェルティメントのホテルから。部門シェフも信頼の置けるメンバーで固められ、こちらでも星を狙えそうな勢い。

中でも総料理長の斎藤《さいとう》さんは、その腕はもちろんのこと、本人の柔和な雰囲気と親しみのある笑顔でメディアにも多数取り上げられている。

還暦を迎えているとは思えないほど厨房《ちゅうぼう》ではパワフルで、どんどん新しいアイデアや食材を加え、作り出していく料理には目を見張るものがあり、この業界でも一目置かれた存在だ。

そんな人が率いるシェフチームが、これからここで新たな伝説を作っていくのかと思うと、このプロジェクトに関わった一員として期待でワクワクと胸が躍った。

そしてホテルで行われる挙式のプラン。この高級レストランからのフルコース料理の提案も、ホテルのシェフチームと四ノ宮の開発部のシェフチーム、それとマーケティング部も加わってアイデアを出し合うことになっていた。

前菜、スープ、メインと、季節やコースの値段をふまえてプロ達から出されるアイデアやちょっとした雑談までひとつも聞き逃したくないほどの情報量が詰まっている。

四ノ宮ホールディングスの数ある会議室の中のひとつは、そんな宝物のような話題が飛び交っていた。私は必死にそれをメモに取りながら、シェフの口から次々と飛び出す料理を頭の中で想像していた。

季節、食材の産地、今のウエディングプランの流行や予算。それらを念頭に何度も設けた話し合いの中で次々と決まるコース。その最後、デザートを決める段階で思わぬ事態が起こった。

普通なら、シェフが前菜からデザートまでを一連の流れとして考える。当初は、総料理長が皆から取りまとめた提案を総合的に考えて決めるものだと思っていた。私達はアイデアを出したり、食材の手配に関するサポートに徹底するつもりだった。

「四ノ宮さん達なら、このコースの最後のデザートはどう締める？」

突然の斎藤さんからの発言に、その場が一瞬にして静まった。お互いに顔を見合わせるシェフや私達に、斎藤さんはもう一度その言葉を繰り返した。

総料理長として、斎藤さんは四ノ宮を試そうとしている。完璧なコースの流れ、その最後に出されるデザートで四ノ宮のレベルを見極めようとしているのが、ひしひしと伝わってくる。

メインはファミレス事業を展開している四ノ宮に、多少の物足りなさを感じ、力量を計りかねていると、そんな表情が彼の顔には浮かんでいた。頭の中にはもうデザートの構想まで出来上がっていただろうに、斎藤さんは四ノ宮の力量を今ここで見ようとしている。

中途半端なものを出せないし、そんなつもりも毛頭ない。けれど斎藤さんが納得するものを出せなければ、こんな話は最初からなかったかのように彼の決めた完璧なコースの締めになるデザートで決まる。

「楽しみにしていますね。ずっとレストランを渡り歩いてきたから、こういった協力関係は初めてなので」

この総料理長の発言により、思いもよらない部内コンペティションが行われることになったのだ。フード開発部内は騒然となった。だけど皆はただならぬやる気に溢れていた。

料理人なら誰しもが知る、あの斎藤さんからの課題。認められたい、四ノ宮の実力を知ってもらいたい。シェフ、マーケティングチームがともに、締めのデザートの提案にも全力で取りかかり始めた。

人生初のキスは一瞬触れただけだったのに、いつまでも唇にその感触が残り続けている。まるで不意打ちのキスだったけれど、嬉しくて恥ずかしくて、全身から火が出そうに熱かった。

体を離してからも言葉が上手く出てこなくて、慌てて身振り手振りだけになる私を、御堂さんはくつくつと見つめて笑っていた。

それはすごく優しい眼差《まなざ》しで、もしかしたら私にそういった経験がないことを見抜いたのかもしれない。御堂さんみたいな、百戦錬磨なオーラが滲み出る人にはわかってしまうのだろうか。

からかうように、もし慣れない私の反応を見て楽しんでいたのなら、それはちょっと意地悪だなとチクッと胸が痛む。

そうではない、もうひとつの可能性。可愛がっていた飼い犬のエレナの面影を私に重ねて、懐かしい気持ちで親愛のキスを落としただけかもしれない。

だって、何だか――。

あの夜から、御堂さんと私の関係は変わった。触れられなくて悩んでいた、つい先週の私が、この状況を見たら卒倒しそう。

「はぁー……癒やされる」

「待って。そんなにくっついちゃ。まだ私、お風呂入ってないんです。汗かいてるし、訴えちゃいますよ！」

「汗なんて気にしないし、匂わないよ？　んー、じゃあ万が一訴える気になったら、うちの法務部通して」

「ふ、夫婦ですが！　それとこれとは別です。女心、メンタルの問題なんです！　それにディヴェルティメントの法務部相手に、絶対勝てるわけないじゃないですか……わっ」

御堂さんは私をもう一度抱え直してから、片方の手で自分の鞄を漁《あさ》り、書類に目を通し始めた。

「そうだよ、諦めて。東子さんはこのまま僕の腕の中にいて」

「もうー！」

いつものお気に入りのソファの端っこ。持ち帰ったコンペの資料と睨《にら》めっこしていたら、帰宅した御堂さんに捕まってしまった。

玄関まで迎えに出たらそのままずるずるとソファまで連行されて、ただ今、後ろから抱っこされている。中断していた仕事を続けてもいいよ、と私には言って、夕飯もとらないまま御堂さんは私をずっと抱きしめている。

スーツの上着も脱がない。書斎に寄らなかったので鞄はソファの上に置きっぱなし。

それでこの状況だ。

私一人で緊張している、ものすごく。わあわあと落ち着きなく騒いでしまうのは、照れ隠しと、本当にどうしたらいいのかわからないからだ。

また、キスすることになったらどうしよう。

経験が乏しくて、そういう雰囲気にどう対応したらいいのかわからない。顔は？　目は？　だって、この間は覚悟を決めて目を閉じたのに、御堂さんは私のキス待ちの顔をきっとじっくり見ていたのだ。

あの経験は、どこでも思い出すたびに手で顔を覆ってしゃがみ込んでしまいたくなるくらいに、私の羞恥心《しゅうちしん》を煽ってくる。電車の中でも仕事中でも、ふと思い出しては、奥歯を噛みしめないと大声を出してしまいそうになる。

かたや余裕そうな御堂さんは、女性をこんな風に腕の中に収めるのには慣れているのかもしれない。想像すると、やっぱり妬《や》いてしまう。

私の方はキャパシティをとっくに超えてしまって、心の中にあるそれを計るメーターの針が役割を放棄気味だ。二人でいればこのスキンシップにもそのうち慣れて……いやいや、絶対に慣れそうにない。

御堂さんと初めて顔を合わせたあの日から、びゅーんと振りきれたまま動かなくなった針は、そのうちにぐるぐるとでたらめに回転を始めるかも。それを見た子犬みたいな恋心が、目を回して騒ぎ出すのが想像出来る。

これも恋なのかと驚く。恋って、もっと静かに始まるものだと思っていた。今までだって好きになった男性に対しては、本当にふとした瞬間に『好きかも？』と、まず疑問符が最初についていた。

そうして改めて考えて、相手の顔を見たときに、やっぱり好きなんだなと少しずつ自覚した。そこから先に進展してお付き合いを始めることはなかったが、自分の気持ちに気づくあの瞬間の感覚は覚えている。

しかし、御堂さんは違った。発表会の会場で、離れていたにもかかわらず私を射抜いた目。まっすぐに見つめる視線の熱さに、私の心は一瞬にして火を灯した。

あの日から、心の中はお祭り騒ぎだったり、落ち込んだりと忙しい。キャンプファイヤー、カウントダウンのかけ声に、宇宙へ向けてロケット発射、どっかんと盛大な花火大会。わあわあと盛り上がったかと思えば、陸の見えない見渡す限りの湖の真ん中で、夜中に一艘の小舟の上で目を覚ましたような寂しさに囚《とら》われることもある。

そばにいてほしい人が、気まぐれに与えてくれる温もりや言葉。そういうものを一人で思い出しながら、波の立たない水面が続く先をただ見つめる。

しん、と優しく湖の上に光の道を作る月明かりは、安心を私に与えながら、小さな不安をかき立てる。

そばにいたい。私を好きになってほしい。だけど、こんな経験不足だと面倒くさいと思われちゃうかな。

今のままでいいじゃない。良好な関係を築ければきっとずっと優しくしてもらえる。がっかりさせたくない。ちゃんとした奥さんでいられれば、私はずっとここにいられる。

こんな恋を、私は知らなかった。

この恋は、御堂さんが教えてくれた。

だけども、このスキンシップに慣れるかどうかは、また違う話なのだ。

「もう。ほら、お腹減ってないですか？　すぐ用意出来ますよ」

「……もうちょっとだけこのままでいたい。東子さんは何か食べた？」

「帰ってきてから軽く。シナモンロールをもらったので」

「じゃあ、少しの時間なら大丈夫そうだね」

脱出作戦、失敗してしまった。

大好きな外資系の大型スーパーで江実が買ってきてくれたそれは、パックの中でずっしりとした質量でずらりと並んでいる。シナモンの風味が好みで、以前好きだと伝えたら行くたびにお土産に買ってきてくれるようになった。

オーブンで温めると砂糖が溶けて甘く香ばしくなるのだけど、そのひとつの大きさは軽食分くらいはあるし、カロリーは爆弾並みだ。キッチンカウンターの上に置かれたパックの中で、あと四つの爆弾がでーんと存在を主張している。

とろけそうな甘い爆弾だとわかっていても、美味しくぺろりと平らげてしまうのだ。

「シナモンロールか。部屋がいい匂いがすると思った」

「コーヒーと一緒に、夕飯の前におやつにしちゃいますか。ひとつじゃ大きいから、半分に切りますね」

「うーん……もう少ししたら」

再び脱出に失敗した私の肩に、御堂さんが額を押しつけてくる。さらりとした前髪が首筋を掠めるたびにくすぐったくて、肩をすくめるたびに小さく笑われる。

その触り方というか、抱きしめ方や雰囲気が、やっぱりライト過ぎる気がする。比べるような経験をしたことがないからわからないけれど、ぐわっときて、ぐりぐりっとしていく感じが、まるで。

「アニマルセラピー、っぽいんだよなぁ……」

「ん？　犬、飼いたいの？」

「犬は可愛いけど違います」

騒がしくて寂しがり屋の子犬なら、実はあなたに会ったあの日からそばにいるんですよ。

ふうっと息をついて、少しだけなら、と御堂さんの腕の中に体重を預けた。

居心地のいいこの香りのそばで、ちょっとだけ休憩したってバチは当たらないよね。こんなにも、せわしなくドキドキさせられているんだから。

「ほら、もっと寄りかかっていいよ」

「……今日はたくさん考えることがあって、頭があと二つくらい欲しくなりました」

「体があと二つ、じゃなくて？」

「体はひとつでいいんです。三人いたらお風呂とかランチ代とか大変だもの。洋服も三人分、毎日コーディネートを考えるのは面倒です」

「頭が三つに体がひとつか、地獄の番犬ケルベロスみたいだ。あはは、東子さんはときどき驚くことを言うね」

ああ、きっと今まで御堂さんとお付き合いをしてきた女の人達は、こんなふざけたことは言わなかったんだろうな。もっと気の利いた、内容のある話題や知的な会話で御堂さんを退屈させなかったかな。

だけど、今夜の私は頭も体もヘトヘトで、御堂さんに寄りかかったときにはもうそれらのいろいろを手放してしまっていた。

疲れた、眠い、あったかい、気持ちいい。それだけで支配された頭は、考えるという大切なことを一旦やめて、浮かんだ言葉をそのまま口から発している。

「マキくんが……アイデアがすごいんです。発想と、それを形にするのも。ご実家が洋菓子店をやっていて、子供の頃から手伝いをしていたって」

マキくんのご実家は、地方の街で洋菓子店を営んでいる。昔ながらの小さなケーキ屋だってマキくんは言っていたけれど、グルメ雑誌のお土産特集などでたまに取り上げられることもあるみたいだ。

ケーキ屋は元々お母様のご実家が経営していたもので、そこにパリ帰りだったパティシエールのお父様が入り婿として入り、一緒に店を盛り上げていると聞いている。

「マキくん？」

「そうです。おんなじ開発部で、すごいイケメンなんですよ。もう、四ノ宮の社内でも外でも人気者で……」

「……イケメンなんだ、ふーん。東子さんも、その彼のファンだったりしたの？」

「マキくんは私の隣のデスクで、同期だし、よくお喋りします。前は勉強のために、よく一緒にご飯食べに行ったりしました」

「ファンなのか、そこをまず聞きたいんだけどな。ご飯、二人きりで行ったの？」

「……二人だったり、三人だったり……」

今日は早速、マキくんがコンペ用のデザート案を見せてくれた。そう、本来なら発表まで内緒にしたいアイデアを、隠しもせずに私に見せてきた。

ノートにまとめられたデザートの案、それは本当に素敵なものだった。蝶《ちょう》の羽を模した一対の飴細工。それが留まるベースは薔薇をかたどったチーズムース。式の進行次第や季節によっては、ソルベに変えたいとも言っていた。

果実のソースが蝶の軌道のように皿の縁にあしらわれ、その上には色とりどりの小さな生花が添えられている。

「はー……焦っちゃうなぁ……、あんなの絶対素敵だよ」

「……マキくんって人、そんなに素敵なんだ。へぇ、僕も一度会ってみたいな。東子さんの夫として挨拶もしたいし？」

「御堂さんも、見たら絶対に気に入りますよ……食べたくなります」

「……そういう趣味は、僕にはないんだけどな。それに、その台詞《せりふ》はちょっと聞き捨てならないんだけど……あっ、東子さん」

あれ、御堂さんって甘いもの結構好きなのに。あのマキくんが考えているデザートが実際に出来たら、きっと興味を持つと思ったから、私は余計に焦ってるんだけどな。

うとうとしていた意識は、ついにここで睡魔に負けた。瞼はぴったり上と下がくっついて、微かに体を揺さぶられた気がしたけれど、気持ちがよくてそのまま目を開けることが出来なかった。

目を覚ますと、自分の寝室のベッドの中だった。時刻は朝の六時。慌ててシャワーを浴びている最中に、御堂さんが運んでくれたことを思うと恥ずかしくて仕方がなくなった。

ね、寝顔とか、よだれとか。私は変な顔をしていなかったかな。

パソコンから一旦目を離して、座ったまま背伸びをする。腕時計に目をやると、時刻は十八時半を過ぎていた。

今日中にまとめておかないといけない、来週使う資料は何とか形になった。いろいろなことが少しずつ押したり、一旦ストップになったりと、予想はしていたけれど正直スムーズには進んでいない。

コツコツやって地道に進めていくしかない中で、こうした小さな達成感は精神衛生上かなり大事だ。さっき、最後にエンターキーを押すときには、嬉しくてちょっと力が入ってしまったかもしれない。

広報部では一人、二人と「お疲れ様」と帰っていく。

熱いコーヒー、飲みたい。このタイミングで一度コーヒーで気持ちを仕切り直して、次に取りかからないといけない書類に手をつけるのもいいかも。

ただ、そうなると帰宅時間が気になる。独身の頃だったら終電ギリギリまで粘った。だけど今は、心配させたくない人がいる。

まあ、その人の方がよっぽど帰りが遅いけど。

「東子、お疲れ様」

何冊かのファイルとタブレットを抱えた江実が会議室から戻ってくると、自分のデスクにそれらを置いて声をかけてくれた。

「お疲れ様。長引いてたね」

「そうなの、皆熱心で。私、何回も聞いちゃったよ。時間は大丈夫かって」

「江実は話の仕方が上手いもん、つい聞き入っちゃうし、もっといろいろ知りたくなる」

「本当？　東子にそう言ってもらえるの、嬉しいな。気をつけてるんだけど、すぐ話が脱線しちゃうんだよね」

「その話だって、興味が湧く内容ばっかりなんだよ」

社内広報担当の江実は社長も認める話し上手だ。社員と社長、四ノ宮と提携企業のため、自分の仕事がどう成果に繋がっているのかを定期的に数字やグラフにして可視化しながら話してくれる。

このところ、ディヴェルティメントとの提携もあって関心と期待が四ノ宮ホールディングスに対して高まっている。その分業務は増え、ＳＮＳへの投稿の規制も増えた。

今日はそういったことへの協力のお願いと、不満や意見要望をアンケートの形で聞き取り、改善要望を確認するミーティングが開かれていた。

社内広報部は会社と働く社員の橋渡し的な立場で、円滑に業務が日々回るように考えてくれている。

話し上手は聞き上手。肩で綺麗に切り揃えたボブを揺らして江実が真剣に話を聞いてくれるものだから、私も随分と仕事のことやプライベートな話までも聞いてもらっている。実は社長も江実と話をするのが楽しいらしく、広報部とのランチミーティングではつい話し込んでしまうと言っていた。

そんな雑談の中からも、社員の士気が上がる話題を見つけて知らせてくれるものだから、ついつい頼りにしてしまう。仕事仲間としても、親友としても大好きな存在だ。

「東子の方は終わり？」

「うん。次に手をつけたい気持ちもあるんだけど、始めたらキリがいいところまで帰れなくなりそうで」

「持ち帰ればいいって話なんだけど、ここじゃないと気持ちが乗らないこともあるんだよね。家だと気が散っちゃって」

そうなのだ。まさに今、それで迷っていた。私の場合、今回のアウトプットは職場での方が効率よく出来る気がする。

「今日はここまでにする。明日出社してから手をつけるわ」

「じゃあ、一緒に外まで出よ。今日出た要望とかまとめる前に、東子の意見も聞いてみたい。歩きながらでいいから」

雑談をしながらエレベーターに二人で乗り込み、一階へ降りる。扉が開いた瞬間、上とは違う冷えた空気が吹き込んだ。

広いロビー。いつもなら帰りを急ぐ社員達が一斉に出入口を目指しているのに、今日は何だか雰囲気がいつもと違う。

皆、足を止めたり歩く速度を緩めたりして、同じ方向を見ている。私達もつられて、自然に視線がその先を追った。受付業務の女性社員が、カウンター越しに焦った顔をこっちに向けて「あっ！」と声を上げた。

「あ。あれ、東子の旦那さんじゃん」

江実が私の肩を軽く叩いた振動で、一瞬止まっていた思考が動き出した。

御堂さんがいる。御堂さんがうちの会社の受付の前で、私達に気づいて笑顔を向けている。

小脇には大きな薔薇の花束を抱えて、スーツの上に仕立てのいい上品な濃茶色のチェスターコートを羽織り、周囲の視線を一斉に集めていた。

まるでドラマや映画の撮影現場のように、受付カウンターを人々がある程度の距離を置いて見守っている。突然現れた御堂一成という有名人を、興味深そうに。

集まった女性社員からは、わあっと小さく悲鳴が上がっている。

「……あれ、御堂さんだ」

「東子、約束してたなら遠慮しないで言ってよー！」

「や、してない！　してないよ！　来るなんて知らなかった」

約束は本当にしていなくて、むしろ私だって彼がここにいるのを不思議に思うくらいだ。私が知らない社長との約束でもあったんだろうか。

「……いやー、本物の御堂一成、オーラが違うね。何か次元が違うわ。CGみたい」

「あー……本物だよ、一緒に暮らしてる私が保証する。生身、正真正銘、同じサピエンス。CGじゃないよ」

「本当に東子は強心臓だよね。家に毎日あんな超弩級《ちょうどきゅう》のイケメンがいたら、あたしだったら心臓と胃がもたないよ」

「江実、胃腸弱かったもんね。イケメンはすごいよ。見るたびにこう、新しい表情があるの。毎日撮り下ろしのカット満載だもん」

そんなふざけた会話をしているうちに、御堂さんがこっちに向かって歩いてくる。今日の御堂さんがいつもよりさらに格好よく見えるのは、サイドの髪を片方だけ上げているからか。

「東子さん」

「お疲れ様です。ど、どうしたんですか。これから社長と約束でもあるんですか？」

「薔薇の花束抱えて？」

御堂さんはニコッと微笑んで、その花束を私に渡してくれた。何重にも隙間なく重ねたドレスのような花びらをまとった美しい薔薇からは、豊かでしっとりとした気品を感じる香りが漂う。

「今日もお疲れ様。迎えに来たよ。お義父さんじゃなくて、東子さんに会いたくて」

「え、あ、ありがとうございます。びっくりしました。連絡なかったし」

「いきなり来て驚かせたかったんだ。ただ、大体このくらいの時間かなって見当をつけて来たんだけど、すれ違いにならなくてよかった」

ふふ、と笑顔を見せる御堂さん。

あー、眩しい。自然発生するはずのないキラッキラのエフェクトが周囲に広がる。

毎日見慣れた弊社のロビーに御堂さんがいるだけで、まるでドラマのワンシーンのようだ。この人はどこにいても、その場を無意識的に非日常にしてしまうパワーを持っている。

「あっ！　紹介……紹介させてください！　入社した頃から、ずっとお世話になっている広報部で同じの——」

「原江実《はら》さん、ですよね。妻の東子がお世話になっています。御堂一成です」

一緒にいた江実を紹介したいと言いかけたら、先に御堂さんの方から挨拶されてしまった。普段から江実の話はしていたから、すぐにその本人だとわかったみたいだ。

御堂さんを目の前にした江実は、慌てた後すぐに改めてきちんと自ら名乗り、私は江実の前で妻と言われたことに、顔が勝手に笑みを作ってしまっていた。

ニヤニヤしたらいけない、と思うと余計に口元が緩んでしまう。それを恥ずかしいから見られたくなくて、もらった薔薇の花束で顔を隠す。

妻、だって。照れる、すごく。

地下の来賓用の駐車場に車を停めてあるとのことで、江実とはロビーで別れることになった。地下にはエレベーターで向かうので、さっき降りてきた方へ二人で並んで歩き出す。

絶えず動き続ける三基並んだエレベーターから降りてきた人達が、すれ違うたびに御堂さんと私の顔を見て驚いている。そりゃ、帰り支度をしたリラックスした状態でエレベーターから降りたとき、御堂さんみたいな有名人が自分の会社のロビーにいたらびっくりすると思う。

私だって、夢か幻かと思って声もかけずにじっくり見てしまった。いつかは絶対に来る機会があるとは思っていたけど、それは日中の時間、仕事中であって、まさか夕方に私を迎えに来てくれるなんて想像もしていなかったから。

「お忙しいのに、大丈夫だったんですか?」

「鈴木に、今日は東子さんを迎えに行きたいから、巻きでスケジュール調整してくれってお願いしたんだ」

「また、そういうことを……」

「困った顔で笑われたよ。でも、今日はどうしても来たかったんだ。確かめたいこともあったし」

「確かめたいこと？」

着いたエレベーターから人々が降りて、空になったところへ乗り込む一瞬のとき。

御堂さんに肩を優しく、だけど強い意志を感じる力で抱き寄せられた。その拍子に、花束を持つ私の腕にも力が入って、ふわりと芳香が辺りに漂う。

突然触れられて、何事かと御堂さんを見ようと顔を上げた拍子に、隣に着いたエレベーターから降りる人混みの中にマキくんを見つけた。マキくんも、驚いた顔をして私を見ている。

御堂さんも、ちらりと横目でマキくんを見た気がした。

「み、御堂さん、あの……っ」

そう言いかけた私の頬に、柔らかな何かが軽く押しつけられるように触れた。

それは御堂さんの唇で、私は公衆の面前、しかも同僚であるマキくんの目の前で頬にキスをされていた。

「な……っ！」

「東子さんは、僕だけをちゃんと見てて。ほら、扉が閉まりそう。危ないよ」

悪びれた様子もなく、国宝級の笑顔を全開で私にしれっと向ける。この顔、発表会で見たあの笑顔！

「き、きす、ほっぺ……何でっ」

「キスなら、家に帰ったら東子さんの気の済むまでもっとしてあげる」

周囲にいた人にも絶対に聞こえるいい声、決して小さくはない声でそう告げる。

その場で抗議しようとしたけれど、抱かれた肩の絶妙な力加減とエスコートのせいで、ついそのまま流されて乗り込んでしまった。エレベーターは、ロビーの喧騒《けんそう》と私達を切り離すように、二人を収めるとすぐ静かに扉を閉じた。

コンクリートから上がる冷気が、足元から震わせる。待って、だめ、と力を込めて抵抗してみても、カツカツと後退したヒールが鳴らす音が地下に響くばかりだ。

ヒールの踵《かかと》はついに柱にぶつかって、そのうえ抱きしめられた腕にも力を込められて、私はついに逃げ場を失った。

花束が潰れないように咄嗟に逃した片手も、花束と鞄の重さに耐えきれず少し痺《しび》れてきていた。

「い、家に帰ったらキスするって言ったのは御堂さんですよ……なので、ここじゃ」

捨て身でそんなことを言ってみても、御堂さんはまるで聞く耳をここに来る途中に落としてしまったみたいに、黙ったまま私の頬やこめかみ、耳元に唇を落とすのをやめてくれない。

さっき扉の閉まったエレベーターの中で、御堂さんは私がまだ知らない表情で、数字が変わる階数表示を見ていた。ぎゅっと眉を寄せて、さっきまで笑みを浮かべていた形のいい唇を一文字に引きしめて。

いつもの余裕の溢れるものとは違う。公衆の面前でのキスを抗議しようとしていた私の気持ちは、その表情にすっかり縮み上がってしまい、御堂さんの気に障《さわ》る何かをしたんじゃないかと身構えてしまった。

沈黙のままエレベーターが地下へ着くと、御堂さんは力強く私の手を引いた。地下駐車場は、今日はもうほぼ空っぽで、ぽつりぽつりとほんの数台しか残っていない。見回りの警備員さんの姿も見えない。

二人分の足音が地下に響いて小さく消えていく。存在感を放つ、見慣れた御堂さんの大きなセダンのそばまで行くと、柱の陰で無言でいきなり強く抱きしめられた。

「誰か来て、見られでもしたら困ります……！」

私達は夫婦だし、万が一見られたとしても、仕方がないと大人の対応でスルーしてくれるだろう。私がその立場だったら全力でそうする。

だけど、こうしている姿を人に見られるのはやっぱり猛烈に恥ずかしいし、ここは駐車場で、誰もが利用する場で、私の勤める会社の中だ。

そういうことを全部込めて、困る、と言葉にしても、拘束した腕の力を緩めてくれることはなく、彼はただ無言で私の存在を腕と唇で確かめている。

「毎日……、俺のそばに置いておけたらいいのに」

御堂さんはぼそりとそう言って、私の目をまっすぐに見つめた。

……『俺』って。そんな風に自分を言うのは初めて聞いて、戸惑う。いつも柔らかな物腰で、『僕』って言っているのに。

それに、今は普段の優しい雰囲気とは違う、肉食獣のような獰猛《どうもう》さを秘めた瞳。今にも喉元に歯を立てられてしまいそうな空気が、まるで激しく求められているようで、背中を初めての感覚がぞくりと駆け抜ける。

その瞳から、目が離せない。

御堂さんに、強く求められたい。もっと、もっと。

さっきまで、困る、やめてと言っていた口を、御堂さんの思うままに塞いでほしいとさえ考えてしまう。

「あ……っ」

あえて避けるように、唇の端に落とされたキス。そして、小さく息を吐いて、御堂さんの冷えた頬がすりっと私の頬に擦り合わせられた。

自分とは違う造り、性別。この間までは他人だった存在。だけど今は、自分の体温を分けてあげたいと思うほどに愛おしい。

ちゃんと唇にキス、してほしい。

急に態度を変えて、はしたないと思われるだろうか。でも私をこんな気持ちにしたのは御堂さんだ。

それに、『そばに置いておけたら』って、どういう意味なの？

第五章

頭の中に薄くモヤをかける、御堂さんが言ったあの言葉。

その意味の真意に近づきたいのと、誰かの意見を聞いてみたくて、数日後、江実を仕事の帰りにお茶に誘った。

場所はお喋りや考え事をするには適度にざわついている、帰るのも楽な、いつもの駅ナカのコーヒーショップだ。

トレイに乗せた炭火焼きのホットコーヒー二つと、ブラウンシュガーとミルク。カウンターで受け取って、人で賑わう店内で端っこの二人がけの席に落ち着く。

コーヒーに四角いシュガーを落としてスプーンでくるくると溶かしていくと、すぐに角が取れて小さくなって消えていく感触が指先に伝わってくる。

江実と「お疲れ様」と言い合って、熱いコーヒーに口をつける。仕事モードだった頭が、ゆっくりとオフに切り替わっていく。よし、と密かに気合いを入れる。

「あのさ、いきなりなんだけど質問していいかな。江実のお母さんって、働いてた？江実も、結婚後も変わらず仕事続ける？」

江実は、本当にいきなりな話題だね、と笑ってから、一息置いて答えてくれた。

「母親はいまだに現役だよー、あたしの家は昔から共働きだから。前よりはだいぶパートの時間減らしたって言ってるけど、体が動くうちは働きたいって。あたしもたぶん、結婚しても今と変わらない生活かな」

「急に変なことを聞いてごめんね。そうかぁ、うちもずっと両親共働きだわ。それだから自分も、結婚して仕事を辞めるって発想が昔からあんまりなかったの。今は、続ける人の方が多いよね」

「それ！　ずっと聞いてみたかったんだ。ほら、大企業の社長夫人っておうちにいるってイメージあるでしょ。趣味を一日楽しんだり奥様達と集まったりさ。東子のお母さん、ずっと働いてて珍しいよね。東子も副社長夫人になっちゃったのに、普通に仕事してるし」

「珍しいのかな？　うちのお母さんは元々、家でじっとしてられない性分なんだよね。そのうえ、お父さんと仲いいから。私は自分が仕事辞めて家にいるイメージが湧かないよ」

「あはは。確かに仲いいよね！　ランチミーティングでたまにお二人が一緒のときがあるんだけど、会話のかけ合いが絶妙で楽しそうだもん。あたしは正直、東子が仕事辞めちゃうんじゃないかって勝手に寂しく思ってた」

江実の言う社長夫人のイメージ、すごくわかる。社長夫人って、エステや趣味を時間をかけて楽しんだりと、とにかく優雅なイメージがあった。

けれど、うちの母に関しては少し違っている。自分を磨くエステも趣味も、仕事の合間の空いた時間にねじ込みながら、夫人同士の情報交換が大変勉強になると、たまにだけどそういったランチの集まりに参加している。

私の父と母はおしどり夫婦だ。娘の私から見ても、その仲睦まじさは微笑ましい。

四ノ宮の経営が一度、世界的な不況の波に呑み込まれ著しく傾いたとき。全盛期で芸能界を引退し家庭に入っていた母は、父のそばで仕事も私生活もさらに支えたいと、赤ん坊だった私をシッターさんに預け、ビジネスマナーや一般常識を学び、検定を受けて父の秘書になった。

それだって、当時は世間体を気にして反対した人もいたと聞いた。赤ん坊を放っておいて、と厳しいことを言う人もいたと。

父のそばに母がいることで四ノ宮の何の役に立つんだ、という声が上がったこともあったらしい、それでも母はひたすらにサポートに徹した。

その話を懐かしそうにする父の顔はいつだって、母に対する最大の感謝に溢れている。

『東子と私の関係は、絶対に揺るがない。大丈夫だと信じてたの。うん、そう自分に言い聞かせてた』

母はこう、父の言葉につけ加える。

母と子の絆《きずな》、繋がる血。そういう見えないものを心から信じて、母は父と四ノ宮を支えるために奮闘した。

私と同じくらい大切に思う父を、ふにゃふにゃの赤ん坊と一緒に家で心配をしながらじっと待つことが出来なかったんだろう。

元々の才能か、芸能界という特殊な環境の荒波で培ったものか、母はめきめきと自分の居場所を四ノ宮で築き、今でも父のそばでサポートし、働いている。

私が仕事をずっと続けていきたい理由の中のひとつには、大切な人をそばで支え続ける母の姿と、母を迎え、会社を守り通した父の姿があるのだと思う。

支え方はいろいろある。母の選択も、またそのひとつだ。

子供の頃に寂しい思いをしたのは確かだけれど、私だけではなく、父や母もまた同じ思いを抱えていたのは、言葉にされなくても感じることが出来るようになっていた。

一度だけ母に、芸能界を引退したことを後悔したことがなかったか——そう聞いたことがあった。

母は自分の出演した作品を一緒に鑑賞したときには、裏話や役作りについての持論を真剣に語ってくれた。

演じることが大好きで、高校生でオーディションを受けてチャンスを得たこと。厳しい監督の元で勉強をさせてもらい、たくさんの縁に恵まれて映画が興行的にも大成功したこと。

私はそんな母に憧れて、高校では演劇部、大学では演劇サークルに入っていた。ただ、母のようには芽が出ず、結局は就職を機に演じる側はやめてしまった。

どうしてスッパリと結婚を機に完全引退をしたのか。父から引退を勧められたのかと聞くと、違う、と返事が来た。

『私は自分を通して、たくさんの人がその役や作品に夢中になっていくのを感じるのが好きだったの。だけどお父さんに出会ってから、この人には私自身に夢中になってほしいって思ったのよ』

父は母の出演する作品を観たことがなく、初対面では母を芸能人の卵だと思っていたらしい。母は恥をかかされたと怒ったけれど、それは傲慢《ごうまん》だと父に諭された。

まるで稲妻に打たれたような衝撃だった。チャンスだけで女優業を続けてきたわけではないけれど、自分は少し天狗《てんぐ》になりかけていたかもしれない、と。

『絶対に鼻を明かしてやる！って息巻いていたら、いつの間にか好きになっちゃった。それで、私から猛アタックして結婚したの。女優を続けながらの結婚生活も考えたけど、子供が欲しかったからきっぱり諦められたわ』

そのとき、自分にもそんな相手がいつか現れるのかと想像してみた。全力で打ち込んでいたことを手放してまで寄り添っていきたいと思える人が、この世に存在するのかと。

だけどきっと、そんなドラマチックなことはないだろうと思っていたのだ。

御堂さんと、あの発表会の会場で目が合うまでは。

——毎日……、俺のそばに置いておけたらいいのに。

先日、地下の駐車場でぽつりと御堂さんがこぼした言葉を、私は簡単に手放すことも出来ずにいつまでも持て余している。

「だから、仕事辞める予定……なんてないよ？」

この結婚は、今の仕事を続けさせてもらうことが条件だったたから。

「何かあった？　引っかかる言い方してる」

ぬるくなりつつあるコーヒーを一口飲んで、あのね、と江実に続ける。

「例えば、例えばなんだけど。結婚しても共働きでいようって決めてたのに、旦那さんからさりげなく……仕事を辞めてほしい、みたいなニュアンスのことを言われたら、江実だったらどうする？」

江実は目を丸くして、私の顔を見た。

「えっ。旦那さんから仕事辞めろって言われてるの？」

「や、たとえ話だって！　もしも、みたいな感じで聞いて！　私の勘違いかもしれないし。それで、ちょっと話聞いてもらいたかったの」

あの日、江実とロビーで別れた後のことを話してみた。エレベーターに乗り込む際にマキくんに会ってから、たぶんだけど御堂さんの様子が少し変わったことを。駐車場で、はたから見たらイチャついている自分達の行為の部分をなるたけ伏せて。

江実は「あー……」と小さくこぼして、小さなテーブルの向こう側からずいっと身を乗り出した。たぶん、と前置きをする。

「まず、ひとつ先に質問。東子さ、会社での話って旦那さんとする？」

「……そりゃするよ。むしろそういう話ばっかりしてる気がする。江実の話もするし」

「マキくんの話も？」

マキくんの話、した。

「……格好いい同僚がいるって話、した。マキくんからコンペ用のアイデアを聞かされた夜に、すごい人がいるんだよって話した」

御堂さんも、マキくんが考えているデザートを見て、食べたらきっと気に入るって話をしたんだった。今考えれば、秀でた容姿の部分に触れたことは余計だったかもしれない。

「……もしかしてだけど、旦那さん、マキくんを見に来たんじゃない？　自分の奥さんが言う格好いい同僚っていうのを。で、実際に会ったら心配になっちゃったんじゃないの」

「……心配って、ないない！　そんなのされないよ。それにマキくんは格好いいけど、私はもう結婚してるんだよ？　間違いなんて起きるわけないじゃん」

「でもさ。逆に自分だったらって考えてみ？　旦那さんから、そこそこ仲よくしてる美人な同僚がいるって聞いたら、東子だったらどう思う？　あたしなら、様子を見に行けるなら行くね。視察しに。あと妻として牽制も兼ねて」

御堂さんの身近な人物。例えば秘書の鈴木さんが、男性ではなく女性だったら。きっとスラッとした、見つめるたびにその魅力に気づく味のある美人だろうな。

あ、と気づく。鈴木さんを女性にたとえなくたって、ディヴェルティメントには女性社員がたくさん在席している。

特定の女性社員の話題を御堂さんから聞いたことは一度もないけど、もしかしたら以前付き合っていた人がその中にいるのかもしれない……。

「自覚ないかもしれないけど、結婚してからの東子は前よりもっと綺麗になってるよ。心配する旦那さんの気持ち、あたしだってわかるもん。マキくんは東子にしたら同僚だけど、旦那さんからしたらどう思うか」

「信用、されてないのかな」

カップの中で揺れるコーヒーに目を落とす。

「信用云々《うんぬん》というより、とにかく心配なんだよ。ちょっとその同僚って奴の顔を、ついでに見られたら見ておこうって軽く思ってたとしたら、あのマキくんが登場しちゃうんだよ？」

「マキくんも、びっくりした顔してた」

「私だって、東子の旦那さん、直で見てびっくりしたよ。格好よ過ぎ。マキくんでイケメンの顔面に見慣れてなかったら、絶対にびびって挨拶も出来なかった」

「あー……そういうつもりでマキくんの話したわけじゃないんだけどな。言葉が足りなかった、恥ずかしい」

私が何も考えずに話をしていたことを、御堂さんはどんな気持ちで聞いていたんだろう。

不審に思われても仕方がなくて、自分の行いに耐えられなくなって両手で顔を覆った。

「さっきの質問の答えね、仕事のこと。あたしだったら、何回も話し合って決めるかな。仕事好きだし、だけど一番大事な人の気持ちも大切にしたい。だからお互いが納得出来る道が見つかるまで、ケンカしてもとことん話し合う」

「大切に、したいよね」

「だけど、自分自身の気持ちも同じくらい大事にしないと、いつか後悔するときがもし来たら、いっそうつらいと思う。そのとき、相手を責める強い気持ちが生まれちゃったら地獄だよ、きっと」

「……地獄」

「まあ、今回は心配と嫉妬だと思うよ。その後はっきり仕事辞めてほしいって言われてはないんでしょ？　態度には出ちゃったし、ぽろっと言っちゃったけど、社会人だもん。急にどうこうするのは無理ってのはわかってるんじゃないかな」

コーヒーショップは賑わいを増して、あっちこっちのテーブルから軽い談笑が聞こえてくる。学生、サラリーマン、お一人様もいて皆リラックスして見える。

話し声に笑い声。それらは確かに耳に届いているのに、遠く異国の言葉が飛び交っているように私には聞こえていた。

私の大切で大事な家族。御堂さんを不安にさせたくない。だけど仕事を辞めることも今は考えられない。

御堂さん、私のことをビジネスパートナーだと思っているのに、どうしてあんなことを言ったの？

飲んだわけではない。ちょっとお茶しただけなので、電車から降りたら徒歩で帰宅する。その距離、僅か五分もかからない。

駅から出ると、今では見慣れてきた夜空に向かってぐんとそびえ立つタワーマンションが目に入る。最初ここに引っ越してきた頃は、誰か訪ねてくる機会があったら、地図はいらないし説明が楽だなって実は思っていた。

ドバイをイメージしたときに最初に頭に浮かぶ、真っ白でハイセンスな超高層ビル群の一棟が、何らかの理由で東京のここにどーんと飛んできたみたいな違和感と存在感。

似た存在で、展示会で足を運ぶ機会のあるビッグサイトにも同じ感情を持っている。あの巨大な逆三角形の真下を通ると、遠近感が完全におかしくなって、しばし足を止めて見上げてしまう。

実家もそこそこ坪数があったけれど、昔ながらの日本家屋と、足を止めて見上げるほどの異様な存在感を放つタワーマンションではまた迫力が違っていた。

だけど、ここには御堂さんと私の家がある。そう思うと、どんどん愛着が湧いてくる。

――ここで、御堂さんの帰りを一日中待つ『もしも』の生活もあるのか。

私の中で持て余している言葉の中に、心配と嫉妬というワードが増えた。御堂さんがマキくんの話を聞いて会社に私を迎えに来たのだとしたら、それはつまり本当にさっきの話に出た嫉妬とかの類い、と考えていいんだろうか。

＊＊＊

あの夜の帰り道。エンジン音しかしない車内で、静かに満ちる沈黙に窒息しそうだった私は何とか話題を探していた。

流れていく眩《まばゆ》い街灯やネオン、無数の街の明かりを数えながら必死にひねり出そうとして、なかなかそう上手くは見つからなくて。

二人の共通の話題といえば仕事のことばかり。そう思うと、自分の話題の引き出しの少なさに自信がごっそり削られていく。

カチカチと響く、普段なら気にならないウィンカーの音でさえ今はやけに大きく聞こえて、ため息をつくのも最大限に気を使うほどに車内はしんと静まり返っていた。

御堂さんはずっと黙ったまま、じっと前を向いて車を夜の街に滑らせている。ケンカしたわけでもないし、どちらかが悪いことをしたわけでもないから、どうにも空気を変える話の切り口が掴めない。

御堂さんから、怒っている感じはしない。ただ黙ったままなだけ。

たまに江実とお茶していると、ふいに訪れるまったりした空気の中で『何か面白い話して』なんてふざけて言い合うこともある。

だからって今、この状況で御堂さんにそんなことは口が裂けても言えない。けれど、これを打開するのも私しかいない。何か一言でも会話になれば、今よりは多少楽な気持ちでマンションへ帰れる。

些細《ささい》なことでいい。短い返事でももらえたら、あとは無理やりにでも話の糸口を手繰り寄せる！

大通りから、二回交差点を曲がったらすぐにマンションへ着いてしまう。お腹も減った。冷蔵庫に何が残ってたっけ。今日もらった薔薇の花、素敵だったから帰ったら種類を調べてみよう。

ご飯、帰ったらすぐに用意始めますね。このお花素敵なので、今度お店を教えてください。家に花瓶ってありました？

ある。話題あるじゃん。よし、行け！　私！　勢いが大事！　さあ！

「さっき、どうしてキスしてくれなかったんですか」

目の前の信号は黄色から赤に変わる。スピードを徐々に落としていた車は、珍しくカックンと軽く前のめり気味に先頭に停まった。

御堂さんは驚いた顔をして、この車に乗り込んでから初めて私の顔をしっかり見た。

私も、御堂さんの顔を思わず見てしまった。

横断歩道では、右と左から人が重なるように行き交っている。

「え」

「……えっ、あれ」

話題はかろうじていくつか頭に浮かべていたはずだったのに。恥ずかしくて落ち着かなくて、一旦横に寄せておいた今夜最大の疑問のひとつが、ここぞとばかりに前へ飛び出してきてしまった。

事故だ、大事故だ。それだから飛び出しはいけないのだ。

私は御堂さんと一言でも会話出来ればと思っていたけれど、今この瞬間だけは思いっきりスルーしてほしい。聞かなかったことにしてほしい。さっきの駐車場のときのように、私の言葉なんて聞かないでほしい……！

「……キス、してよかったんだ」

あー……、御堂さん、駐車場に落としたはずの聞く耳をちゃんと拾ってきていたのか。

「や、やぶさかではなかったです……」

なんだろ、この答え。

途端に全身が火を噴き出したかのように熱くなる。目が合ったままで、焦った手元があわあわと彷徨《さまよ》い、パワーウィンドウのスイッチに触れてしまった。

高級車のウィンドウは、ウィーン、と小さな音を立てながら静々と下りて、途端に外の喧騒と冷気が車内に吹き込んできた。

冷たい空気を含んだ風が、御堂さんの前髪をふわりと捲《めく》る。

コントをしたいわけではない。ただ、この重苦しい雰囲気を変えたかっただけなのに。

いたたまれなくて無言でまたスイッチに触れると、全開にした窓はゆっくりと閉じていった。

「く……っ、あはは！　急に窓を開けてどうしたの」

「あはは……はは……暑くて……」

さっきまで暗く沈んでいた車内に会話が生まれた。信号が変わり、アクセルを踏まれた車がゆっくりと動き出す。私は自分が言ったことやしたことが恥ずかしくて、今度は遠慮なんてしないでため息をつく。

「東子さんには敵《かな》わないな」

くつくつと嬉しそうに御堂さんが笑うのを見て、とりあえずよかった、と上質なシートに身を沈める。さっきまでは不安でカチコチになってしまって、リラックス出来ていなかった。

「さっきので、自分の子供の頃を思い出したよ」

優しくて懐かしさを含んだ声が、心地よく落ちてくる。

「子供の頃、ですか！」

御堂さんからさっきの答えの追及をされたくなくて、振られた話題に勢いよく食いついてしまった。

「うん。僕と母親は離れて暮らしていて、年に何度か母親が療養していたアメリカの田舎町《いなかまち》に日本から会いに行っていたんだ」

御堂さんのお母様。御堂さんが小さな頃に亡くなられたと聞いている。アメリカでお父様と出会い、日本で結婚したけれど体を悪くされて、アメリカのご実家へ療養のためにお戻りになったと。

「アメリカ人の祖父と、日本人の祖母、そして母とメイドが二人。それと可愛い犬のエレナ。僕はあの家に行くのが大好きだった」

御堂さんはハンドルを握ってまっすぐに前を向いたまま、落ち着いた声で話をしてくれる。

「だけど、やっぱり最初は恥ずかしいんだ。甘えたいのに、そのやり方がわからない。母に撫でられるエレナにヤキモチを焼きながら、いざおいでと手招きされても素直に行けなくて」

想像をしてみる。年に何度か、半日ものフライト時間をかけて飛行機で母親に会いに行く。恋しい気持ちでいっぱいだったのに、目の前にすると照れや戸惑いで一歩が出ない小さな男の子の姿を。

「そういうとき、母は体の具合がいいと、プリン作りをしようって言い出してさ。僕は母の言う材料を、キッチンで宝探しをするように見つけてテーブルへ集めて」

「それは、すごく楽しそうですね」

「そうなんだ。全部集められると、母が偉いねって頭を撫でてくれる。僕が自然に甘えられるような流れを作ってくれて……だけどやっぱり照れて、慌てて変な替え歌をうたったり踊ったりしてごまかしていたなって」

「小さい御堂さんの変な替え歌や踊り、私も見てみたかったな」

「今そんなことをしたら鈴木に必死に止められそうだし、東子さんには幻滅されそう」

「……私なんて、この間飲んで帰ってきた日に醜態《しゅうたい》を晒《さら》したばっかりなんですが」

「あれは、可愛かったからいいんだよ」

車をタワーマンションの駐車場へ停めるまで、御堂さんはお母様と二人でのプリン作りの話をしてくれた。

アメリカの練乳は缶に入っていて、それを開けるとエレナが喜んで飛びついてくること。卵黄と白身を分ける作業をお母様が魔法のような手際でするのを真似して、いくつも卵をダメにしたけれど叱られたりはしなかったこと。白身はメレンゲになり、メイド達がカステラのような焼き菓子を作ってくれるので、それをバスケットに詰めてメイド達やエレナと小さな森までベリーを摘みに行ったこと。

「母親と離れて暮らしていて寂しかったけど、それぱっかりじゃなかったんだ。楽しかったことだってたくさんあった。今でもあのプリンの味は思い出すし、そうすると心が温かくなる」

もう一度、お母様と一緒に作ったプリンを食べたいと思ったことが今まで何度だってあっただろう。

じわり、と目頭が熱くなる。子供の頃に寂しいと思っていた気持ちは、私もわかる。でも我慢しなくちゃいけなくて、いつでも笑って、いい子でいた。

この人も、おんなじだったんだ。

思わずこぼれそうな涙を見られたくなくて、コートの袖口でこっそり拭うと、御堂さんの大きな手のひらで頭をくしゃりと撫でられた。

＊　＊　＊

あの夜の話も、私の頭から離れなくなっていた。頭というよりも、心といった方が近いかもしれない。

じんと沁《し》みたところから、温かい気持ちが胸に広がる。

もうすぐそこに迫っていたコンペのデザート案。私は考えて悩んだ末、素直に心に従うことにした。御堂さんから聞いたお母様との思い出のプリン。それを作ってみたいと思っていた。

結婚式のコース料理の最後には、やっぱり華やかで印象的なデザートが喜ばれるだろう。最近では、好きなデザートを取れるブッフェ方式も人気らしい。

プリンのイメージって、美味しくてどこでも買える。もちろん家でも作れるデザートで、プリンはプリンだ。

だけどこれと決めたことで、プリンをデザートに推すコンセプトがはっきりと見えてきた。

毎年の結婚記念日に、挙式のときに食べたプリンを自宅でも作ってお祝いのご馳走に添えてもらえたら。いつか子供にも思い出話をしながら食べてもらえたら、と想像したら素敵だ。

家で作れるのは、かなりの強みなんじゃないかと思う。これはプレゼンテーションにも使える。

それからの数日は、なかなか忙しいものだった。帰りが深夜になる御堂さんを待って、あのプリンの特徴を聞く。作る過程を先日車の中で聞いたときに、日本で作るものとは材料が少し違っているように感じたからだ。

コンペには、お話に聞いたプリンを出したい。

そうはっきりと御堂さんに伝えると、嬉しそうに『役に立ちたい』といろいろと思い出してくれた。

卵黄だけをたくさん使って、練乳もかなり入れる。出来たプリン液を、高さがあまりない楕円形《だえんけい》のアルミの型に流し込んで蒸していたそうだ。

楕円形、と聞いてやっぱりと確信した。御堂さんのお母様が作っていたのは、レチェフランだと。

レチェフランは、フィリピン伝統のデザートだ。質感は固めの、こっくりとした濃厚な甘いプリンで、結婚式やお祝いの席には欠かせない。甘いデザートを皆で食べて舌鼓を打ちながら、祝福を送り、幸せを分かち合う。

まさに挙式のデザートにぴったりの一品だ。華やかさはないが、一点勝負、一球入魂、そういうものも私は好きだったりする。

それに、私達はまだ式を挙げていないけれど、パークが開園した後に予定だけはしている。

そこで、もし列席してくださった方々に振る舞うなら、デザートはこのプリン以外に考えられないと思うようになっていた。

私も、御堂さんにプリンを作ってあげたい。お母様と二人で作った味には及ばない。それでも私達の新たな思い出の味を作りたい。

私も、御堂さんの家族になりたい。

この間まではあんなに焦っていたのに、今は落ち着きとやる気で満ち溢れている。

自分がしなければいけないことの順序が、ちゃんと見えてきている。


コンペ当日。まず社内で選考を行い、その中で今回の課題に相応しいと思われるデザートを決める。

後日、総料理長の斎藤さんを四ノ宮に招き、最終決定をしていただく流れだ。

普段のメニュー開発なら、マーケティングチームがアイデアを出して、シェフチームと打ち合わせをし、それを擦り合わせながら何度か試作をしてもらう。

けれど今回はコンペなので、腕に自信がある人はマーケティングチームでも自分で調理したり、シェフと数人で組んでアイデアを出すグループもあったりと、さながらお祭りのような雰囲気にもなった。

「四ノ宮、その格好似合ってるな。シェフチームに転属してくればいいのに」

「はは、ありがとう。でも、コックコートが似合うって言われたので転属しますなんて言ったら、呆《あき》れられちゃうよ」

「社長なら面白がってくれるんじゃない？　それに、全面的にオレが面倒見てあげるのに」

「そういうの、後輩に言ってあげなよ。マキくんのセンスに憧れてる子だっているんだから」

「いいよ？　まとめて面倒見ちゃう。けど四ノ宮には特別にサービスしてあげるね」

数人が一度に調理が出来る四ノ宮のキッチンルームで、同じ真っ白なコックコートに身を包んだマキくんが軽口を言うのを聞き流す。

マキくんと御堂さんがすれ違ったあの日の話題は、二人の間で上がることはなかった。

私もあの日の話には触れず、マキくんとは普段通りに同僚として接している。今まで変わらずいつも通りにしていれば、御堂さんがもしかしたら心配しているようなことは間違っても起きないだろう。

相変わらずマキくんは私を新しい名字では呼ばない。その辺りはもう諦めた。

決められた時間内に完成した、美しいディテールにもこだわった華やかなデザートの試作品達の中で、プリンはよくも悪くもとても目立っていた。

――そうして今、後日来ていただいた総料理長の斎藤さんの目の前には、二皿のデザートが並んでいる。

選考会で、なんと私とマキくんのデザートが最後まで残り、このまま斎藤さんに最終決断を委ねることになった。

どちらか、それとも両方が選ばれないかもしれない。けれどこの二つが四ノ宮の代表なのだから胸を張れと、皆が言ってくれた。

マキくんのデザートは繊細で華やか、なおかつ味も申し分なし。私のプリンは、舌にも記憶にも残るカラメルのほろ苦さに負けない深い濃厚さと、そのコンセプトが、シェフチームとマーケティングチームから強く推された。

斎藤さんはマキくんのデザートを口に運び、うん、と頷いて、その場で感じた微妙な修正点などを細かく伝えている。

クリア出来れば、きっとマキくんのデザートに決まると、その場の雰囲気が物語り始める。

私は緊張のせいでガチガチに固まっていたが、選ばれなかったら、とか、ダメかも、なんて焦りは一切なかった。

選ばれなくても、私の中に自信は残る。

御堂さんから聞いたお話から、自分の中に大切なレシピがひとつ増えた。私自身でそれを家族や友人に伝えていけたらいい。

「……こっちは、レチェフランだね。懐かしいな。フィリピン人の友人の身内だけの式で振る舞われたことがあるよ」

「はい。フィリピンでのお祝い事の席では、レチェフランは欠かせないと聞いています」

斎藤さんがスプーンでプリンをすくい、口に運ぶ。

「ああ、そうだ、こんな味だったなぁ。ご馳走の後にプリンと塩っ辛いチチャロンを肴《さかな》にビールを皆で飲んで……あっちは暑いから、甘いものもビールも旨いんだ。懐かしい」

斎藤さんが饒舌《じょうぜつ》になる。楽しかった思い出の一欠片を聞かせてもらえて、それを共有出来て嬉しくなる。

「……そんな風に、自分でも作れて、誰かに食べてもらいながら挙式を思い出すことが出来る。伝えることが出来るのが、レチェフランです」

言えた、伝えたいことを全部。

感極まって思わず泣きそうになってしまったけど、まっすぐに前を向いて、はっきりと伝えられた。

帰る斎藤さんを玄関口で見送っている間も、心臓の鼓動が耳の奥からドクドクと聞こえてきていた。指先が震えるので、何度も隠してグーパーを繰り返す。

斎藤さんを乗せたタクシーが車道に出て見えなくなってから、私は初めて大きく息を吐いた。時計を見ると十二時を指したところで、早足で自分の荷物のある部署に戻る。

電話したら迷惑かな。トークアプリでメッセージを送ってもいいけれど、今はひたすらに御堂さんの声が聞きたくて仕方がなかった。

忙しければ、きっと電話には出ない。そうしたら、着信で心配させないようにメッセージを送っておこう。

スマホを手に取り、なるたけ人のいない場所を探して、食堂へ向かう人達とすれ違いながら、普段あまり使われない階段の方へ急いだ。

周りを見渡して、誰もいないことを確認してからスマホの履歴を開く。

指でスライドさせて、御堂さんの名前を見つける。

ちょっと躊躇《ためら》いながらも、早く知らせたくて、えいや！っと勢いをつけて画面をタップした。

耳元で鳴り出す呼び出し音と、どこかの階から聞こえて小さく響く話し声が交じる。

出来るなら、電話に出てほしい。

何度目かのコールで、今一番聞きたかった声が、スマホのスピーカー越しに私の耳をくすぐった。

「……もしもし、東子さん？」

「御堂さんっ！　お疲れ様です、お忙しいのにすみません。今、ちょっとだけ大丈夫ですか」

一気に言いたいことを伝えると、スマホの向こう側で人払いをした雰囲気が伝わってくる。

「うん、今なら大丈夫。どうした？」

「選ばれたんです、プリン！　それにもうひとつのデザートも！　二つともです。選択性にするか、どう提供するかは考えるって！」

「コンペの？　やった、すごいな！」

興奮を含んでワントーン上がった御堂さんの声に、私の嬉しい気持ちはさらにぴょんっと跳ねる。

「もう嬉しくて嬉しくて。ごめんなさい。お忙しいのはわかってたんですが、御堂さんにすぐに伝えたくて！」

まだ胸がドキドキと鳴っている。今回は特に思い入れがあった分、今でもここで叫び出したいほどに気持ちが高揚していた。

「ありがとうございます。御堂さんのおかげです」

「僕は何にもしてないよ。ここまで頑張ったのは東子さんだ」

今度は労《いたわ》るような、優しくて落ち着く大好きな御堂さんの声。褒められて、どんどん浮かれて素直になってしまう。

「ずっと考えていたんです。私達が挙式を上げるときには、このプリンを皆さんにお出ししたいって。御堂さんに、私の作ったプリンも食べてもらいたいなって」

自分の声が甘く、甘くなっているのがわかる。自信作と呼べるようになるまではと、プリンの試作は御堂さんのいない間か、会社でしていたのだ。

「私の作ったプリン、やっと食べてもらえる」

スマホの向こう側に一瞬沈黙が降りた後に、「東子さん」と名前を呼ばれる。

「はい。あ、ごめんなさい！　もう切ります！」

時間のない御堂さんが、人払いまでしてくれた貴重な時間。なのに私は浮かれてしまって、つい長話を始めてしまいそうだった。自分が発した声が、静かな階段に響く。

「今日、迎えに行くから。少し付き合える？　帰りはちゃんと送るから」

「わ、今日ですか？　お仕事は大丈夫なんですか」

「今日のスケジュールだと、夜に一度会社に戻らなきゃなんだけど、夕方二時間くらい空けてもらう。鈴木に頑張ってもらって」

「それは、鈴木さんが大変な案件ですね」

「この間は早く僕を家に帰してくれたから、今日はスケジュールを組み直してくれたら、鈴木は定時で帰らせるよ」

「ふふ。もし怒られるときは私もご一緒します」

「それは頼もしいな。じゃあ、たぶん十八時になる前には行けると思う。待ってて」

数時間後、私達は暗い夕闇が今日の残り陽の名残《なごり》を溶かす中、無数に輝く光の群れを見ていた。

ジャリ、と足元から音がする。駐車場に使われているこの敷地一面には細かい砂利が敷き詰められ、車が出入口のゲートを目指して走り出すたびに音を立てた。

日が暮れてもなお、トラックや大きなバンが至るところに残っていて、間隔を置いて設置された投光器がそれらを照らしている。

向こうには何台もの重機が見えるし、さらに囲まれた高い塀の向こうの、足場でぐるりと囲まれた巨大な建造物はアトラクションのひとつだろう。

私達は今、建設途中のパークに隣接する、今は関係者や業者用に開かれたひたすら広い駐車場の端っこにいる。

端も端。現場であるパークから距離があるせいか、車は皆パーク側を中心に停められていて、こちらには投光器の光もあまり届いてはいない。

パークから戻ってくる作業員達からは目視もたぶん難しく、見えてもきっと関係者がこんな時間に何かしらの確認でもしに来たのだと、気にも留めなそうだ。

砂利で仮整地されたここもいずれ、おおよそ八千台の車が停められる予定らしい。

正直足りるのかとも不思議に思ったが、パークと隣接したここ以外にも駐車場エリアを数ヵ所作ると聞いて安心した。

パークは海の埋立地なので、時折びゅうっと潮の匂いを含んだ冷たい風が吹く。巻き上げられる髪を押さえる。

「もっとデートっぽい場所、期待させちゃってたらごめん。出来上がっていく途中のパークの姿を、今日どうしても東子さんに見てほしかったんだ」

「……綺麗です。この光景は今しか見られないから」

パークのファンの人がSNSに上げる写真もまめにチェックしていたけれど、実際に近い場所で見られるのは嬉しい。高いフェンスの内側で、たくさんの人の手によってパークが着実に大きくなってきている。

黙ったまま二人で見つめる光に浮かぶパークは、夢をたくさん抱えて眠る赤ちゃんみたいだ。

「……母さんのプリンのこと、すごく嬉しかった。東子さんに母さんの話を出来て、それでたくさん思い出したこともあって。俺の中でだんだん薄くなっていた記憶が、息を吹き返したみたいだ」

暗くて表情が見えない分、お互いに心の中に漂う言葉をすくい上げられる。

御堂さんからお母様のお話を聞くのは、私もとても嬉しかったし、楽しかった。

「私も。御堂さんからプリンのことも、お母様のこともたくさんお話が聞けて嬉しかったです。お会い出来なかったけれど、今回のことで何か、上手くは言えないのですが、御堂さんを通してお母様と繋がれたって気持ちです」

何を、と聞かれたらはっきりとはわからない。でもその存在が以前よりずっと近くに感じるし、お母様が大切に思っていた御堂さんのことをもっともっと好きになった。

勝手を言いますが、私の恋を応援してくださいい、お母様。

「……ふふ。この間も思ったんですが」

「え、何?」

「御堂さんって、たまに自分のことを俺って言ってます。たぶん、そっちが素なのかなって」

ジャリジャリ、と御堂さんが慌てて動く気配がする。

考え込んでいるのかな。今は否定されてもごまかされてもいい。

「……全然気づかなかった。余裕がなかったり、気が抜けると……マジか」

「いいと思います。普段から素でいればいいのに。ちなみに、さっきも俺って言ってました。だから、この際もうプライベートではずっと気を抜いちゃってください」

『俺』って雰囲気の御堂さん、また違って格好よくてドキッとします、なんて本音を、何気なさを装ってつけ加える。

さらっと言ったけれど、今ここが薄暗がりなので伝えられた。顔が見えるような明かりの元だったら絶対に無理だ。

クォーターだからなのかな、あの不思議で惹きつけられる瞳の色は。私は髪も目も真っ黒なので余計に、近くに御堂さんがいるとチラチラと見てしまう。

『美人は三日で飽きる』なんて言葉があるけど、あれってたぶん言い出した人に見る目がなかったんだ。

「遠慮しなくていいの？」

遠慮——その言葉に、ずっと言いたかったことがポンッと飛び出す。

「あはは！　遠慮って。じゃあ、結婚の発表会のときに無茶ぶりしてきたの、誰ですか！　会見なんて予想外のことが始まっちゃって、私、頭の中で御堂さんのこめかみをグーでグリグリしてました。状況が理解出来なくて」

「俺、あのときは東子さんにちょっとやり返されただろ？　それで楽しくなっちゃってさ。この人とならこうやってずっと楽しくやっていけるんだろうなって確信したんだ」

二人して笑い出す。

ああ、嬉しい。私達、今きっと、今までで一番素直になっている。

「……パーク、絶対にいいものにしましょうね。私も微力ながらたくさん頑張ります。まずは御堂さんが風邪《かぜ》をひかないように」

照れ隠しに、えいっと勢いをつけて御堂さんの手を自分から握る。大きくて温かくて筋張っている、私を励ましてくれる手。

「私も、遠慮しませんから」

夜目が利いてきて、御堂さんの表情が見える。私がニッと笑うと、同じ表情で笑い返してくれた悪戯っぽさを含んだその笑顔は、会見のときとおんなじだ。

「あーあ、このまま東子さんと帰りたい。東子さんのご飯食べて、たくさん話をしたい」

「ダメですよ、今日は鈴木さんが頑張ってスケジュール調整してくれたんですから」

私もこのまま一緒にいたい。だけどタイムリミットは着実に迫っている。

「……じゃあ、名前で呼んで、頑張ってって言ってほしい」

「……え、今ですか」

「今。じゃないと、このままマンションに帰るけど？」

「一緒に帰って、一番困る人は御堂さんなのに……！」

脅《おど》しだ。それも思いっきり恥ずかしいやつ。

でも、私にだけお願いしてくれている。甘やかされてばっかりだったから、ものすごく嬉しい。名前で呼んでほしいなんて。

恥ずかしさと嬉しさを天秤《てんびん》にかけたら、それごと爆発して『好き』がさらに増えるばっかりだ。混ぜても隠しても比べても、結局は爆発して増える。

この場に、そしてこの世のこの瞬間、この人の願いを叶えられる人は私しかいないんだ。

そう思うと、独占出来る嬉しさみたいな感情がじわじわ湧いてきた。

海風の吹く風が邪魔するからといって、遠くに人の出入りのあるここで、緊張で声が張り上がってしまうとマズい。名前を呼ぶだけだけど、私にしたら一大事だ。

「御堂さん、ちょっと屈《かが》んでもらえませんか？」

『ん？』と屈んでくれたので、繋いだ手を離そうとしたら、ダメと言われた。

手を繋いだまま屈んでくれた御堂さんの耳元に片手を添えて、目の前の大好きな人にだけ伝わるように大事に囁く。

「……今夜、帰ってくるまで待ってますからね。……お仕事頑張って、一成さん」

この後、もう今日は仕事に戻らない、このまま二人でマンションに帰りたいと御堂さんが言うので、私の運転でディヴェルティメントまで送りましょうかと提案した。

「私も、もう少しだけでも一緒にいたいから」

ペーパードライバーですが、と加えると、悩みに悩み抜いた御堂さんは「仕事へ戻る。でも終わらせてすぐ帰るから！」と私を車の助手席へ座らせた。

私は赤くなったまま、火照《ほて》った頬に手を当てて、遠ざかっていく星空の下で眠る巨大な赤ちゃんに、また来るねと心の中で呟いた。

第六章

ドイツには、こんな言葉がある。

Drachenfutter――ドラッヘンフッター。和訳すれば『龍《りゅう》のエサ』。

飲んで帰りが遅くなったりしたときに、恋人や奥さんのご機嫌を取るために貢ぐ、そのプレゼントを指す言葉らしい。

広報の仕事上、話を聞いてもらうためには工夫が必要だ。出だしの掴み、何か雑学を得られる話題、ちょっとした親近感を持たせるネタ。

こういったものを取り入れることで、本筋の話にも興味を持ってもらえる確率が上がる。

そこで意外に好評なのが、世界の面白い意味のある言葉だ。日本ではいわゆるお馴染みのことわざが、世界でも似たニュアンスで存在するのだと、そのときの話題に絡めたものを紹介することがある。

面白かった、聞きやすかったと言われると、心の中でガッツポーズをする。

御堂さんの帰りは変わらず毎日遅いけど、それが原因で私がへそを曲げていることはない。いつも通り。そう、二人の生活ではいつも通りなのに。

「これ、東子さんに似合うと思って」

真夜中の玄関ホール。すっぴんでパジャマ、カーディガンを羽織って出迎えた私の手の平に小さな紙袋が乗せられた。

深いブルーの紙袋に美しいフォント。銀色の箔《はく》で押された、海外の高級ジュエリーショップの店名。

「わ！　これって銀座に先月出店した、雑誌でも特集されてるお店の」

「うん、デザイナーが知り合いでね。日本に来てるっていうから、移動の途中で挨拶に寄ってみたんだ。そうしたら……ね、今開けてみて」

珍しく急かす、その声色が弾んでいる。ニコニコと笑みを浮かべながら、御堂さんは私がプレゼントを開けるのを見守っている。

小さな箱に、大ぶりにかけられた白いサテンのリボンに指をかける。

ここがまだ玄関ホールだとか、私はもう寝るだけのパジャマ姿だとか、御堂さんに至っては鞄を持ったままだとかは一日置いておく。

蓋を開けるとフロッキー素材のジュエリーケースが収まっていて、そっと開いてみると、金に縁取られた黒いオニキスの蝶のピアスがキラリと光った。

上品な輝きとデザイン。嫌味にならないさりげなさ。でも私は知っている。

「こ、これ、私まだ誕生日とかずっと先ですよ？」

雑誌の特集にも大きく載っていたこのピアス。気軽に普段使い出来るような金額じゃない。いただいたものの値段を問うなんて失礼なことはしちゃいけないのもわかっている。

「もちろん、誕生日は知ってるよ？　……東子さんのその綺麗な黒髪を耳にかけたときに、俺が贈ったその蝶がちらりと見えたら最高だなって思ってさ」

いいものを見つけたから見てほしい、そういう純粋な気持ちが伝わる満開の微笑み。うぐ、と一瞬息が止まるかと思うくらい、御堂さんからキラキラエフェクトが後光のごとく輝く。

伸ばされた指先で耳に下ろしていた髪をさらりとかけられて、くすぐったくて首をすくめる。

「んっ」

「……絶対に似合うよ。彼が日本にいる間に紹介出来たらいいな」

そのまま流れるように抱きしめられる。それを少しずつ抵抗なく受け入れ始めている自分は、随分とこの甘さに慣らされてきている。

顔をうずめた御堂さんのコートには、外の冷えた空気の匂いが微かに残っていて、私はそれを吸い込んだ。

「大事にします。すごく嬉しい」

サプライズプレゼントにはびっくりするお値段だけど、似合いそうだと選んでくれた気持ちが嬉しかった。

私のことを考えてくれた時間、それごと愛おしい。

もらったピアスを翌日つけると御堂さんはとても喜んで、耳元の蝶の片方ずつに口づけた。

あれ?と思ったのはその日の夜だ。

いつかもらったような大きな薔薇だけの花束を、『綺麗だったから』と玄関で渡された。

二日続けての贈り物に戸惑いながらも、御堂さんはニコニコと私の反応を待っているので、嬉しい、と気持ちを伝えた。

すると、週末にはハイブランドの時計。さらに私のためにドライバーつきの新車を用意すると言われた月曜日の朝は、さすがに慌てて全力で断った。

そして木曜日の夜。くつくつと煮える蟹鍋《かになべ》を挟んで、私達は各自、立派な蟹と交戦していた。

蟹の足の殻からみっちりと詰まった身をするりと抜いて、得意げに私に見せつけた御堂さんに対抗したくて、私はもっと太い熱々の蟹の足を掴んでふと思った。

御堂さんに言うなら、今なのでは、と。

四ノ宮の娘として、しかるべき場に立つときにはそれなりのジュエリーもつけるし、着物も帯も用意が出来る。

自分でも奮発したり、譲り受けたり。節目に両親から贈られた宝石や小物を大切にしている。

御堂さんが私のためにプレゼントをしてくれるのはすごく嬉しい。けれど、理由もなく連日、確実に高額であろうプレゼントをいただき続けるのも気が引けてくる。感謝しながら丁重に、贈り物は十分いただいたので、と真摯に伝えよう。蟹の足とは一時休戦だ。

「あの」

なるたけ失礼にならないように、好意を無下にしないようにと言葉を選んで伝えた。

さらに器用に蟹の殻を剥《む》いていた御堂さんは、その手を止めて不思議な顔をした。

煮える鍋の中で、白菜と水菜がとろけ始める。

「……そんなこと、女性から初めて言われた」

まるで信じられない！という表情で私の顔を見て答えた。

心の中に小さく、ムッとした感情が芽生えたが堪える。

プレゼントをいただいた身としては、強くは出られない。言葉通りに受け取れば、御堂さんは今まで女性に贈り物を断られたことがないので、初めての事態にびっくりしているんだろう。

そうだよね、こんな魅力的な人からの贈り物、断って好感度を落としたくないよね。

私も悩んだ。だけど、言いたくはないけれど金額がぶっ飛んでいる。

「……とにかく、特別な日でもないのに、こんなに高いものばかりいただけません」

「もしかして、好みじゃなかった？　贈り物のセンスには自信あったのにな。今まで外したことなかったのに」

あんなに嬉しかった気持ちに、ツキンと小さな棘《とげ》が刺さる。

私の言い方が悪かったかなと思いながらも、棘が刺さった部分からじわりと嫌な気持ちが広がり始める。

余計なことを言ってしまいそうで、口をつぐみたい。だけど、距離がちょっとだけ縮んだ私達の関係の分だけ、知ってほしいと強い気持ちが言葉に変わる。

「……私、もうわかってるかもしれないんですが、今まで男性とお付き合いをしたことがなかったんです」

「……うん？」

いきなりの私の告白に、御堂さんは持っていた蟹の足を取り皿へ置いた。

「そういうのを、全部すっ飛ばして結婚したんです。だから抱きしめられたり、キ、キスされたのも初めてで」

鍋の煮える音がやけに大きく聞こえる。火力調整したいところだけど、それどころじゃない。

つい三十分前くらいには、締めはおじやか、それともうどんにするかで盛り上がっていたのにな。

私は今、人生で一度も男性と付き合ったことがないと、何が悲しくて好きな人に喧嘩腰で暴露しているんだ。

あ、悲しいんだった。

悪気はないとはいえ、昔の彼女の影をまた見せられて。

涙をこぼして訴えた方が可愛げがあったのかもしれないけど、涙より言葉が先に出てしまった。そのとき――。

御堂さんが一瞬、口の端を上げた。私はそれを見逃さなかった。

「……何ニヤけてるんですか。御堂さんからしたら、私は何人目の女性かはわかりません。考えたくないし。今までの彼女さん達は可愛らしく喜んでくれたと思いますが」

脱線しながら猛スピードで口が滑る。

嫉妬してること、知られたくなかったのにな。

「な、何で昔の彼女の話になってるの」

「贈り物して、喜ばれたんですよね。断られたこともないんですよね？」

「うん。東子さんも、喜んでくれただろ？」

「……嬉しかった。けど、一緒にしないで、比べないでって前にも言ったのに」

晩ご飯は蟹鍋だった。二人して美味しい蟹を剥いていたのに、今は私が龍になって、御堂さんに向けてちっちゃな牙を剥いている。

ソファにごろりと行儀悪く横になると、母から「こら」と小さく叱られた。

私の分と、自分のお茶とお菓子をテーブルへ置くと、母は身を起こした私の隣にガードとばかりに座った。

「今日は庭師さんが来てるんだから、だらしない格好しないの」

「はぁーい」

ここからは、庭先で冬剪定《ふゆせんてい》に来てくれていた庭師さんと父が楽しげに何か談笑しているのが見える。庭の木々はすっかり綺麗に刈り込まれ、片づけも済んでいた。

土曜日、私は実家に帰ってきていた。

木曜日の夜に蟹鍋を挟んで大人げなく喧嘩腰になってしまったからって、気まずくて実家に逃げてきたわけじゃない。

実家に置いてきた資料が必要になったのもあったけれど……うん、やっぱり逃げてきたのかもしれない。

日帰りだけど、少しでも気分を変えたかった。実際に実家に帰る中で、昔から見知った景色がどんどん瞳に飛び込んでくるたびに、荒《すさ》んだ心に考える余裕が出てきていた。

まだ嫌な気持ちもあるのだけど、私と御堂さんにはどうしても埋められない経験差があることに目を向けることが出来てきた。

たぶん御堂さんには悪気はちっともない。比べるつもりもなかったんだろうけど、これはさらっと流せない私の経験不足が悪いのかな。

恋愛経験が幾度かある人なら『こういうこともあるよね』と聞き流せるのかもしれないことが、私には難しい。

私に足りないのは、きっとそこなんだ。

「今日、このまま泊まっていけばいいのに」

庭をぼんやり眺めていると、そう母に言われて考え込む。お昼に実家に着いてから、既にお尻からソファに根っこが張ってしまっている。手伝いをしたいのに、母は「座っていいよ」と私をお客様扱いだ。

その微妙な寂しさと、でもやっぱり実家の安心感があって、のっそりと座ったまま動けずにいた。

泊まりかぁ。私の部屋も引っ越し前のままにしてあるし、御堂さんにちゃんと連絡を入れれば泊まっていっても大丈夫なんじゃないかな。

差し込む陽射しは柔らかく傾き始めていた。

あの夜から、まだ気まずい。だけど、御堂さんが誰もいないマンションに帰ってくる姿を想像すると、手放しで『泊まる』と即断出来ない。

おかえりなさいって、玄関で迎えて言ってあげたいから。

私は母が返事を急かさないのをいいことに、とりあえずお茶請けに出されたカステラを一口頬張った。

そのとき、玄関のチャイムが鳴った。週末は通いのお手伝いさんはお休みなので、

「私が出るよ」と素早くもぐもぐと咀嚼して飲み込んで、ソファから立ち上がる。

「お行儀悪い」と、ぺちりと隣から母にお尻を軽く叩かれたけど、気にせずいそいそと玄関へ向かう。宅配か、近所の人かな？

数年前にリフォームをして、和風の佇《たたず》まいを残しながら吹き抜けになった玄関ホールの、リビングとは違う外気と似た冷えた空気に一度身震いした。

「はーい」

大きいながらも軽く滑る玄関の引き戸を窺《うかが》うように開けると、全く一ミリも想像していなかった人が立っていた。

仕立てのいい、よく見知ったコートに身を包んだ人物。

「東子さん！」

「み、御堂さん！」

本日、土曜日。時刻は十六時を回った頃。朝早く出勤していった御堂さんが、私の実家の玄関に立っている。心なしか不安げで、焦った様子で。

「……東子さん、帰ろう？」

「びっくりした。何かあったんですか」

「何って、東子さんから、実家に帰るってメッセージが届いたから……！」

実家に帰ります。そう、家を出る前に御堂さん宛にトークアプリでメッセージを送っていた。別に他意はなく、要件を完璧に簡素にして送った。

素っ気なかったのは、今朝の私はまだ怒りに身を任せたままだったから。

「連れ戻しに来たんだ。ちゃんとお義父さんにも話をするから」

御堂さんは、世間で言う『実家に帰ります』的なあの意味でメッセージを捉えたようで、片手にはしっかりと老舗和菓子屋の紙袋が握られていた。

「……連れ戻しに来たんですか？　それとも、迎えに来てくれたんですか？」

どうして？　本気で私に実家に帰られたら、世間体が悪いから？

連れ戻しと、迎え。だいぶニュアンスが違ってくる。離れたくて実家に帰ってきたわけではないけれど、御堂さんの行動の真意が知りたくなった。

御堂さんが私に何か言おうと口を開いた瞬間、背後から母の声が響いた。

「あら！　一成くん、お久しぶり！　東子のこと、迎えに来てくれたの」

上がって上がって、と母の声が聞こえたのか、様子を見に庭から回ってきた父にも見つかり、突然の娘婿の来訪に喜ぶ二人にあっという間に中へ連れていかれてしまった。

母が張り切ってキッチンで夕飯の支度を始めている。「お肉は好き？　すき焼きは食べられる？」と怒涛の質問をかまし、「好きです」とたじろぐ御堂さんから言質《げんち》を取っていた。

父は普段あまり家では飲まないのに、御堂さんが来てくれたのが本当に嬉しいみたいでウィスキーを開けている。ちょこちょこキッチンへ行き、母に肴を用意してもらいながら落ち着かない様子だ。

私達は喜ぶ二人に、御堂さんの本当の来訪の目的を言い出せないまま、リビングのソファに並んで座っている。

「実家に帰るって、ただ必要なものを取りに来ただけです。夜には帰るつもりでした」

勘違いしたままだと申し訳ないので、父が席を立った隙に御堂さんにこっそり耳打ちをする。

端正な顔がみるみる驚きに変わる様はかわいそうで、なるたけ早く仕事に戻れるようにどうにかします、と伝えると――。

「勘違い、勘違いかー……」

はぁーっと大きく息を吐いた。カチカチに見えた大きな体から力が抜けていくのが、隣にいるだけの私にもわかった。

「どうしましょう。何か理由をつけて仕事に戻られて大丈夫ですよ。私が上手く言っておきます」

「いや、仕事は死ぬ気で終わらせてきたんだ。なんせ、お義父さんと話し合わないと東子さんを帰してもらえないと思ってたから。一晩は覚悟して来た」

あ、これは迎えに来てくれたんだとわかった。

「……ま、紛らわしいメッセージ、すみませんでした。ご迷惑かけてしまいました」

「ううん、いいんだ。元はといえば俺が悪いんだ。鈴木に相談したら、俺が全面的に悪いって。ちゃんと考えて話をしろ、いいのは顔と仕事が出来るところだけかって思いっきり呆れられた」

「え、あんな優しそうな人が、結構強い言葉を使うんですね。意外！」

「俺の前でだけだよ。だから俺もあいつに無理言うし、お互いに気が楽なんだ」

御堂さんと秘書の鈴木さんは、もしかしたらプライベートの深いことも話し合う、結構仲がいい関係なのかもしれない。私と江実のように。

「私も今度、御堂さんのことで何かあったら、鈴木さんに相談に乗ってもらおうかな」

「鈴木は今、完全に東子さんの味方だから、二人一緒に責められるのはつらいなー……。その前に、まずは俺に話してよ」

そっと重ねるように手を握られる。その手は汗をかいたようにしっとりとしていた。

……御堂さん、本当に緊張してたんだ。ズルいなぁ。そんなの、怒っていた気持ちがスッと溶かされちゃうじゃない。心底ホッとしたような顔をしちゃって。

「お母さん、さっきのなし！　すき焼きに椎茸こっそり入れてってお願いしたの、なしで！」

キッチンでせわしなく動いている母に声をかけて、今度こそ手伝うために立ち上がると、御堂さんは「やられた」と苦笑いをした。

広い客間に敷かれた布団からは、よそ行きだけど懐かしい匂いがしていた。

新しい畳の香り。一番小さな明かりに落とされて、室内はしんと静まり返っている。

二つ並んで敷かれた布団に二人並んで潜り込み、薄暗い天井を見ていた。結局今夜は、このまま実家に泊まることになった。

どちらかが寝返りを打つたびに、かけ布団が擦れる音をやけに耳が拾ってしまう。

そうして今、私も御堂さんも寝つけずにいる。初めて同じ部屋で寝る、ってこともあったけれど、それよりもずっと驚くことがあったからだ。

＊　＊　＊

甘辛い割り下で煮える和牛や春菊やネギ。母がテキパキと取り皿によそってくれていた。四人で初めて囲む夕飯は楽しくて、私は母に甘えて、食べる方に専念させてもらっていた。

「一成くんがちっちゃい頃に、会いに行ったことがあったんだ」

ほろ酔いでニコニコと笑う父が懐かしそうに言うものだから、私も御堂さんもご飯を食べる箸を止めて、「えっ」と同時に父の顔を見た。

「子供の頃ですか？」

驚きを隠せない様子で、御堂さんが食い気味に父に尋ねた。父は「たぶん、このくらいの頃に」と、人差し指と親指でピンポン玉ひとつ分を示す。

「アンナさんに会ったことがあるんだ。昔、一度だけ」

アンナさん——御堂さんのお母様の名前だ。

「母さんに……？」

御堂さんは箸を置いた。父はグラスに入ったウィスキーをちびりと飲む。

「一成くんのお父さんに、アメリカ留学から嫁さんを連れて帰ってきたって連絡をもらってね。知ってると思うけど、ぼく達は高校が一緒で三年間ずっと一緒だったんだ。ぜひ会ってほしいって久しぶりに連絡をもらって、飛んでいったよ」

久しぶりに会う友人、そのお嫁さん。父は緊張しながらも、それ以上の嬉しさを抱えて会いに行ったという。

そこで紹介された女性、お母様のお腹には、御堂さんが宿っていた。父はその場で知らされて、二度びっくりさせられたと笑った。

「アンナさんはとても綺麗な人だった。君が生まれるのが楽しみだって言ってね、早く抱っこしたい、早く会いたいって。ああ、一成くんの瞳の色はやっぱりアンナさん譲りだ。君と仕事で初めて会ったとき、その瞳を見て、あのときの懐かしい気持ちが込み上げた」

友人が一足先に父親になる。まだあまり膨らんではいなかったけれど、目の前で一秒一秒、友人のお嫁さんのお腹の中で命が育っている。

友人が大事そうに見せてくれたのは、白黒の超音波写真の中の、そら豆のような赤ん坊。

「不思議な感覚だった。こっちが頭らしい、そうやって説明されると、そら豆がどんどん可愛く見えてくる。いつまでも三人で写真を眺めたよ」

あのときの君にもう一度会えて嬉しかった。家族になれて嬉しいと、照れくさそうに父は笑っていた。

私は父が、御堂さんのお母様に会ったことがあるのは初耳だった。私達の新生活が落ち着いた頃にこの話をするつもりだったらしい。

それが今日、突然その機会が訪れたものだから、嬉しさとそわそわとでリビングとキッチンを行ったり来たりして、母に『しっかりしなさい』と励まされた、と笑う。

だから父はあんなに落ち着きがなかったのか。

私はその話に驚いたのと、そういった縁でも御堂さんと繋がっていたことに胸がいっぱいになってしまった。

御堂さんは、父が思い出すたった一度だけ会ったお母様の話に、じっと耳を傾けていた。その瞳はキラキラしていて、父が語るお母様の欠片の一片も取り逃すまいとしていた。

「……嬉しいなぁ。こんな嬉しい日はないよ」

ほろ酔いの父が、しみじみ呟く。

「ご飯、たくさん炊いたからいっぱい食べてね。お肉も、足りなかったらどんどん足すわね」

嬉しそうに、母が大きな茶碗《ちゃわん》にご飯をよそってくれた。

＊＊＊

今はふかふかの暖かい布団の中で、寝るのがもったいなくて天井をぼうっと眺めている。

辿《たど》れば昔からの細い縁が繋がって、御堂さんと私は結婚したんだ。

「……東子さんは、移動遊園地って知ってる？」

「移動遊園地……サーカスみたいに、いろんな土地を回ってる小さな遊園地かな？　間違ってたらすみません」

「大丈夫、正解。それが、アメリカだとその地方の祭に合わせて来たりもするんだ。

普段はただ広いだけの野原が、僅かな期間だけ遊園地に変わってね」

「それって、よく考えたらすごいですよね。スケールが日本と違うというか」

本物は残念ながらまだ出会えたことがないけれど、映画や小説などでたまに登場したりするのを見たことがある気がする。

「……母が暮らしてた街にも、ある年に巡ってきたことがあったんだ。面白いものが見られるからって、この日程でアメリカへ遊びにおいでってわざわざ電話くれてさ。出発の日まで、両手の指で数えても足りないから、父さんの手と足の指まで借りて数えてた。いつもは母さんの具合を見ながらの渡米だったから、呼んでもらえたのが嬉しくて」

以前も聞いたことがあったが、子供の頃の御堂さんはやんちゃなイメージがある。今は落ち着いたイメージがあるけれど、ときたま悪戯っ子の片鱗《へんりん》が見え隠れしている。

「久しぶりに会った母は、髪をばっさり短くしていた。少し痩せたようにも見えたけど、相変わらず明るくて。その翌日、二人だけで遊園地へ行った。祖父の車の送迎つきでね」

痩せた、という言葉に心臓がドキリと鳴る。

「初めて行った移動遊園地は、規模は小さいのにアトラクションは割と本格的でさ。

フードの屋台もたくさん並んでて、ターキーレッグやファンネルケーキ、レモネード、カラフルなアイスも俺には珍しいものばっかりだった。射的や的当てなんかもあって、思わず興奮して叫んだら、落ち着けって鼻をつままれて」

「あはは。その頃から御堂さんの鼻は高かったんですね」

「あのとき、母さんがキュッとつまんだから高くなったのかもな」

御堂さんは自分の鼻先をついっと触った。

私達は自然に、横になりながらお互いの方を向いていた。常夜灯だけの明かりは、柔らかい橙色《だいだいいろ》で薄く部屋を包む。

「……過ごしたのは、ほんの数時間だったと思う。夕方になって、遊園地全体が色とりどりの懐かしいような光が灯る頃、二人で手を繋いでメリーゴーランドに乗らずに眺めていたんだ。今思えば、母さんは結構無理をしていて、もう立っているだけで精一杯だったんだろう」

陽の落ちた遊園地が光に溢れ、光と影のコントラストが強くなる。けれどそれはきっと、どこか寂しく心許《こころもと》ない。

「母さんは、回るメリーゴーランドをずっと見ていた。ぼうっとしていて、痩せた頬に影が落ちても、それでも美しい人だった。俺は……母さんがそのままどこかに行ってしまいそうなのが怖くて、冷たい手を絶対に離さないって握っていたんだ」

光に浮かぶようなメリーゴーランドの前で手を繋ぐ親子が頭の中に浮かんだ。

二人はきっと黙ったまま、目の前をくるくると幾度となく通り過ぎては戻ってくる白馬や馬車をいつまでも見つめていたんだ。

黙ったまま、手を繋いで。

「……翌年の春、母さんは死んだ。移動遊園地があった場所は、ぽっかりした野原に戻ってた。だけど俺の心の中にはあのときのメリーゴーランドが頭に焼きついてずっと離れなくて。なら自分の手で作ってやろうと決めたんだ。ずっとそこにあり続ける、出来るだけたくさんの人が楽しんで、くたくたになるまで笑い合える遊園地を作ろうって……寂しいのは、実はあんまり得意じゃないから」

「御堂さん……」

「これが、スターワールドを日本に誘致した本当の理由。今まで誰にも話をしたことはなかったんだけど、東子さんにだけは知っててほしくて……あの規模なら、いきなりはなくなったりしないだろ？」

ニッと笑う御堂さんの顔を見て、たまらなくなってしまった。

スターワールドの誘致の理由の根底には、そんな思い出があったなんて。切なくて、胸が締め上げられる。

「自分勝手な理由だって、呆れた？」

呆れたりするものか。人間の願いや行動の根底には、強い感情が埋まっているものだと思うから。

――それに、御堂さんがそうしてくれたおかげで。

「呆れたりなんてしません。御堂さんが何年もかけてスターワールドを日本に誘致してくれたから……私は御堂さんに出会えました。そうじゃなかったら、きっと」

きっと、御堂さんを知らないまま人生を歩んでいた。それもそれで幸せだったかもしれない。けれど、その存在や声や体温を知った今は、出会えなかった人生のことは考えたくない。

「……きっと、の先を聞きたい」

御堂さんが横になったまま布団から手を伸ばすので、私も同じようにする。

触れた指先が、からめ取られた。

全身の神経が指や手のひらに集まったみたいに、御堂さんの指の節や形、厚い肉感のある手のひらの温もりを細やかに覚えるように感じ取っている。

メリーゴーランドの前でお母様の横顔を見ていた子供の手のひらも、こんな風に温かかったんだろうな。

「……きっと」

「うん」

「……きっと、こんな温かい手の温度も知らないまま……だったら、寂しかった。だからずっと離さないで握っていて」

それに答えるようにぎゅっと、強い力で握り込まれた。少し痛いくらいなのが嬉しくて、私からも握り返す。

「東子さんの手も、あったかい」

「御堂さんの体温が移ってるんです。プレゼントも嬉しいけど、こうやって手を繋いでもらえるのも同じくらい私は嬉しい」

「……驚いて喜ぶ顔が可愛くて、俺が選んだものを東子さんが身につけているのを見ると心が満たされたんだ。だけど結局、それは自己満足であって、君の気持ちを考えていなかったのかもな」

私が喜ぶと、御堂さんも嬉しい。ただ、問題だったのはそのスケールだけ。

「ピアスも花束も嬉しかった。車は、私はたまに御堂さんの助手席に乗せてもらうのが好きなので、今のままがいいんです。明日は二人で帰りましょう」

「帰りに花屋に寄ってもいい？　君の好きな花を教えてほしいんだ」

「ふふ。じゃあ明日は、私からも御堂さんに花を贈らせてください。プレゼントを交換っこしましょう。きっと楽しいですよ」

繋いだ手から体温を分け合い、そのうち最初からひとつだったみたいに同じになる。

そういうときに見る夢は、二人で同じだったらいいのに。

そうしたら夢の中で私が選んだ花束を渡して、素直に好きと伝えて、それを聞いた御堂さんの反応を見てみたい。

第七章

今まで恋をしたことはあった。ただ、その人とお付き合いをするまで進展したことはなくて、周りからはこっそりと高嶺《たかね》の花なんて自分が言われていたことを、偶然聞いてしまって知っていた。

『四ノ宮さんは皆の高嶺の花だから、付き合うとかは恐れ多くて考えられないよ』

褒め言葉のような、それでいて疎外感がある言葉。ありがとうと言うのも変だし、落ち込むのは努力している自分のためによくない。

当時好きだと思っていた演劇サークルの先輩が、そういう話で盛り上がっているところを偶然聞いてしまった。

やんわりと失恋したような悲しい気持ちになって、その場からそっと離れたのを覚えている。

——高嶺の花。遠くから見るだけで、自分では手に入れることが出来ないもの。

私は今、世界でも最高峰クラスの山に挑んでいる最中だ。結婚というチートで、山の中腹からのスタート。けれど、ここからてっぺんまでは自力で辿り着くしかない。

装備は万端とはいえず、経験も乏しい。先人の辿った道の跡をギリギリと歯噛みしながら登っている。

山頂に咲く一輪の花の全貌は、まだ見えない。


ここのところ、御堂さんに関して、どんどん自分が欲深くなってきている。

彼のことを知るほどに、嬉しさと独占欲が湧いてくるし、その後には心配と不安がつきまとう。

優しくされて嬉しくて、砕けた話し方に心が躍る。この人の中で私は内側に入れてもいいと認められたみたいで、もっと見て、聞いて、知りたいと願う。

その一方で、過去の女性歴に勝手に嫉妬したり、御堂さんを前に酔って泣いたり喚いたりした過去を消し去りたいと落ち込む。

思えば随分と、私は可愛くないところばかりを見せてしまっている。まるで子供だったと反省するのだけど、どうにも御堂さんの前では甘えた自分が出てしまう。

その都度、御堂さんは私を甘やかし、紳士的に振る舞ってくれているけれど、内心どう思っているかは……ちょっと想像したくない。

穴があったら入りたい。入ったら誰かにすぐに鉄板で蓋をしてほしい。

手を繋いだ、抱きしめられた、大切な思い出の話をしてくれた。もしかして、少しは私を好きになってくれているんじゃないか、と最近思ったりもする。思い上がりかもしれないが、以前よりずっと心の距離が近くなっていると感じている。

私のこと、一人の女性として多少は好意を持っていますか?

もし勢い余って彼に聞いたら、きっとほぼ百パーセント、私を傷つけない返事をくれるだろう。

でも、それってきっと私が妻の立場だからだ。

顔が知れている人に相談出来ないようなこういう話は、一体誰に聞いてもらえばいいんだろう。人工知能内蔵スピーカーは、恋愛の話をどこまで聞いてくれるかな。いっそ本気で、鈴木さんに相談に乗ってもらおうか。将を射んと欲すればまず馬を射よ。この場合も適用されるかな。

そんなことを延々とループさせながら考えている今日この頃。ここ二週間ほどは完全に御堂さんとはすれ違いの生活を送っている。

正直、寂しい。起きて待っていたいけれど、疲れて帰ってきたところで気を使わせるのが申し訳ないし、自分の仕事のことも考えて、いつも通りの生活を送らせてもらっている。

冷蔵庫に用意する簡単な夜食。無理して食べなくてもいいようにメモをつけたりはあえてしないが、翌朝には食器は食洗機の中で綺麗になっている。

冷蔵庫に残ったままのときは、会社に泊まって帰宅出来なかった日だけ。

そういうときは、温めて私の朝食にする。いつか、会社にいることの方が多いので、トレーニングルームを作ろうとして鈴木さんに却下された話をしていたけど、仮眠室は普通にあるんだろうな。

もしかしたらシャワールームもありそうだ。いや、あるな。

着替え、差し入れ。考えたけれど、その辺りは絶対に大丈夫な気がするから心配はしない。

今朝は、冷蔵庫には寝る前に作っておいた夜食のサンドイッチがそのまま残っていた。それをトースターに入れてホットサンドにする。

今日は何度目かになる総料理長の斎藤さんとの打ち合わせだ。それも今日が最終日で、マキくんと二人で先方へ出向く。

予定を頭の中で確認しながらコーヒーを淹れて、そのまま一口飲むと、疲れた顔をして帰宅しても玄関ホールで微笑む御堂さんの顔が浮かんだ。

パークが開園しても、仕事がすべて終わるわけじゃない。今回の大仕事が追い風になって、ディヴェルティメントはいっそう高みを目指すだろう。

これからもずっと、すれ違った生活が続くのかな。

こういう生活になることは最初からわかっていたんだから。仕事面でも支えるって、自分で決めたじゃないか。

そう自分に言い聞かせながら飲んだコーヒーは、苦味が舌にじわりと広がって泣きたくなった。


いつもの時間に出社すると、ちょうどエントランスで先を歩くマキくんを見つけた。長身ゆえ、皆より頭ひとつ出ている。落ち着いた色のモッズコートから、スラリと伸びた脚。

背筋もしゃんと伸びていて、どうしてモデル事務所ではなくてうちの会社にいるのか。御堂さんと同じようにうちのロビーをドラマの撮影現場かと錯覚させる一人だ。

エレベーターへ乗るために集まった人々の中で、女性社員の何人かがマキくんをチラチラと見たり、遠巻きに眺めている様子は毎朝の見慣れた風景だ。

エレベーターの籠が着くと、各フロアへ向かう社員が次々と吸い込まれるように乗り込んでいく。目の前で定員ギリギリになるのを見て、次にしようと足を止めると、くるりとこっちを向いたマキくんと目が合った。

「あ、すみません、降ります」

人をかき分けてマキくんが出ると、人をいっぱいに乗せたエレベーターは静かに扉を閉めて上昇していった。

「四ノ宮、おはよ」

「おはよう」

マキくんの鼻の頭が赤くなっている。色白だから、寒くなると落ち着くまで目立って恥ずかしいって言っていた。

「せっかく乗ったのに、何で降りてきたの？　皆、不思議な顔してたよ」

「あー、何となく。四ノ宮がいるなって思ったら」

「ふふ。私だったら、マキくんに手を振って先に行っちゃうのに」

階数の表示灯を見ると、今から下へ降りてくるようだ。

「……元気ないみたいだな」

「えー、そうかな。元気だよ？」

「自分じゃ気づいてないかもだけど、顔に出てるぞ」

チーン、と到着を知らせる音とともに、ぴたりと閉まっていた扉が左右に開いたので、乗り込むために会話はそこで終わってしまった。

……そんなに顔に出ちゃってるのか。普段通りにしているのに、どこかでつまらない顔をしてしまっているのかもしれない。

気を引きしめないと。先は長いのだから、と自分に言い聞かせて唇を結んだ。

その日の午後は、バタバタしてしまった。

斎藤さんの元へ向かうのに電車を使う予定だったのが、電気系統のトラブルにより電車が止まり、急遽社用車を使うことになったのだ。

運転をマキくんに頼み、ギリギリで打ち合わせを始めるには支障のない時間に何とか着いて、二人で胸を撫で下ろした。

電車が何かしらのトラブルで遅延したり止まったりは日常であるけれど、それでもやっぱり多少は焦ってしまう。

「はあー。お疲れ様！」

「お疲れ」

乗り慣れない社用車の中で、二人して労り合う。ちょっと寄ってもらったコンビニで買った紙コップのコーヒーの片方をマキくんに渡す。自分のものをドリンクホルダーにセットすると、一気に肩の力が抜けた。

本来だったら直帰出来る予定だった。忙しい斎藤さんに時間を作っていただくのはなかなか難しく、十六時から一時間、何とか空けてもらえたのだ。

最後の打ち合わせも無事に終わり、挨拶を済ませて外に出ると、陽が傾いた街は車でだいぶ混み出してきていた。

ここから社用車を返すために、また会社に戻らないといけない。

「帰りも運転、ごめんね。私が出来たらよかったんだけど。たぶん乗れば思い出すはずなんだけどな」

「その自信、どこから来るんだか」

「だってさ、免許取るの必死だったんだよー。だから体は覚えてるんじゃないかな。勘が戻るかも。ちょっと代わろうか？」

「……お前のそういうところ、嫌いじゃないけどダメ」

「やっぱりダメかぁ」

運転の交代をやんわり拒否された。それもそうかと、ホルダーからコーヒーを取って口をつける。ふと窓の外を見ると、街はカラフルな明かりをまとい始めていた。

家路へ急ぐ車や人で賑わっている。歩道ではしゃいで笑い合っている若いサラリーマンのグループは、いかにも今から飲みに行く雰囲気だ。

「……オレさ、ずっと聞きたかったんだけど」

マキくんがスムーズに運転する車は、あともう少しで会社に着くのか、普段から見慣れた道を辿り始めた。

紙コップから唇に触れたコーヒーが思ったよりも熱くて、一度口を離す。

「あちっ……何？」

「四ノ宮の結婚ってさ、やっぱり政略結婚ってやつだったの？」

持っていた紙コップを、思わず落としそうになる。

「え、ふ、普通の結婚だよ。上手く言えないけどお見合いみたいな感じの……」

ここにきて、まさかいきなり政略結婚について聞かれるとは思わなかった。そう思う人はいたかもしれないけど、マキくんのように直接本人に聞いてくる人なんていなかった。

「……嘘ついてる。四ノ宮が焦ったり困ったりすると、微妙な表情の変化でわかるから。いきなり結婚したときもそうだった。そのちょっと前から、どうしようもなく迷ってる感じがしてた」

マキくんは私の顔をちらりと見て、また運転するのに前を向いた。その一瞬の表情は、いつもの柔らかい雰囲気とは違って、今まで見たことのないものだった。

真剣で、悲しいような、諦めたような。

「マキくん……」

マキくんの言う通り、結婚話が持ち上がったときは人生で一番悩んでいた。戸惑って、悩んで、覚悟を決めるまでにたくさんのことを考えていた。

あの日々の私の表情や様子を、マキくんは見ていたんだ。

「……いろいろ考えたんだ。四ノ宮の社長令嬢とただのヒラ社員じゃ釣り合わないって、そうやって諦めようとしてた。でも社長に認められたら、もしかしたらチャンスがあるかもって」

どう言葉を返していいのかわからなくて、ホルダーに戻し損ねた紙コップをぎゅっと握る。

マキくんとはずっといい友達で、同僚で、これからも一緒に仕事に取り組める仲間だと思っていた。

今まで築いてきた関係が、変わる、壊れる、終わってしまう。不安が心臓の内側から何度も胸を叩く。

車は会社に着き、地下駐車場へ潜っていく。賑わう地上と違って、地下は静かだ。

出発したときと変わらない場所に車が停められた。

エンジンが切られると、たちまち静寂が降りる。マキくんも私も黙ったまま。

ずっと顔が上げられず、手元の紙コップを見ていた。随分とぬるくなったコーヒー
じゃ、緊張で冷えた指先は温まらない。

「今さら、こんな話をするのは悪いと思ってる」

どう言葉にしていいのかわからず、頷きも首を左右に振ることも出来ない。

「……聞いてくれるのか？」

小さく伺う、普段のマキくんからは想像出来ない弱々しい声。

耳鳴りがしそうなほど、心臓がうるさい。

「四ノ宮の立場じゃ何にも言えないよな。じゃあオレが決める……勝手に言うよ。四ノ宮がいろんなことを人一倍我慢したり、誰よりも頑張ろうとしてるの、何年もそばで見てたよ。そういうお前に選んでほしくて、オレも頑張れた」

「……私も、マキくんからたくさん影響受けたよ。負けたくなくて、追いつきたくて。だけど……」

車が一台、地上から地下へ入ってきた。エンジンを止めた車の中でマキくんと二人

きり。見る人が見たら誤解されるような噂話が立つかもしれない。

そんなことが咄嗟に頭に浮かぶ自分は、最低だ。マキくんはたぶん、ずっと想っていてくれた気持ちを伝えようとしてくれているのに。

「四ノ宮には、オレを選んでほしかった。……なんて、もっと早く気持ちをお前に伝えて意識してもらうのが先だったんだけど。結構アピールしてたつもりが、四ノ宮はオレの仕事面ばっかり見てて……正直もどかしかったよ」

鈍感なつもりはなかったけれど、マキくんから向けられていたであろう好意には気づけなかった。

私はマキくんの才能ばっかり見ていて、彼自身や、心や、表情を見ることがなかったんだ。

マキくんのつらさやもどかしさは、本人にしかわからない。私がわかるのは、片想いの切ない気持ちだけだ。

「……ごめん」

私はそう答えるしかなかった。それしか言葉が浮かばなかった。
今までその想いに気づけなかった。そして、それには応えられない。
少しの沈黙の後、マキくんがぽつりと言葉を落とす。

「……オレも、今さらごめんな。だけど、まだ気持ちは変わらない。四ノ宮が結婚したからって、好きだった気持ちはいきなり消えたりしないから」

紙コップを握る手が滲む。視界がじわりと揺れる。

以前のような切磋琢磨《せっさたくま》する関係を維持するのは、もしかしたらもう難しいかもしれない。

複雑な気持ちが溢れて、視界を揺らす涙がいよいよぽろりと溢れそうになった瞬間。

ガチャ、と助手席側のドアが開いた。

「……話は終わった？」

驚いて顔を上げると、そこにはドアに手をかけた御堂さんが、冷たい表情をして立っていた。

泣くのを我慢して歪《ゆが》んだ私の表情を見た御堂さんは、一瞬、目を見開いた。

それから、驚いて声も出ない私の腕を引いて助手席から降ろすと、後部座席のドアを開けて私の鞄とコートを掴んだ。

「彼女は連れて帰るから」

冷たい声で、運転席で呆然《ぼうぜん》としているマキくんに告げて、私を抱き上げて歩き出した。ずっと持っていた紙コップは、驚いた私の手から離れて落ちた。コーヒーが飛び散ってコンクリートの床を汚す。

さっき地下駐車場へ入ってきた車は、御堂さんだったんだ。

御堂さんにマキくんと二人でいるところを見られて、弁明の言葉も出てこない。言葉がひとつも浮かばないほど、思考が停止している。

そのまま、近くに停められた御堂さんの車の助手席に荷物と一緒に放り込まれた。

運転席に御堂さんが乗り込んで、いつもより大きな音でドアが閉められた。

それが私を責めるように聞こえて、声を殺して溢れる涙を止めようと、目をぎゅっと閉じた。


マンションまで帰る道中、私も御堂さんも一言も会話を交わさなかった。

応えられない好意に、二人きりでいるところを御堂さんに見られたタイミングの悪さ。きちんと説明出来なかった自分の不甲斐なさに、このまま消えてしまいたいとさえ思う。

やましいことをしていたわけではないけれど、誤解されるには十分なシチュエーション。

だけど弁明するには、まずマキくんから気持ちを伝えられたことを御堂さんに言わないといけない。

それって、どうなんだ。言いつけるみたいで、全部マキくんのせいにして自分だけ助かろうとしているみたいで嫌だ。

リビングで、私をソファに座らせると、隣に腰かけて黙ったままだった御堂さんが口を開いた。

「……東子さんは、自覚と危機感が足りない」

静かだけど強い語気にハッとして顔を上げると、御堂さんは今まで見たことのないくらい鋭い視線を私に向けていた。

自覚と危機感。そう言われて、悲しさと悔しさの気持ちでいっぱいになってしまった。

御堂さんはきっと、あの車内で何があったか雰囲気で察したんだろう。そうして、既婚者でありながら、そんな場にしてしまった私を責めているのかもしれない。

上手くあしらって、話題を変えて話をはぐらかせばよかったのか。それとも、『やめて』と言って、マキくんの気持ちを聞かなければよかったのか。

そう出来なかった私には、御堂さんの妻としての自覚も危機感も足りない。そう言いたいのかな。

ごめんなさい。そう一言でも出れば。

だけど、その一言がいつまでも喉につかえて出てこない。

握りしめた手に、力が入る。

だって、御堂さんは私のことを好きなのかもわからない。もし私のことを好きだったら、私がそれをわかっていたら、心配させてごめんなさいと、説明もきちんとしてきっと言える。

だけど、わからないのだ。優しい。触れてくれる。だけどそれが私を好きな気持ちから来るものかは、御堂さんの口からは聞いたことがないから。

自分がとても情けなくなってしまった。

御堂さんが私をどう思っているかわからないから謝れない。マキくんの気持ちにもずっと気づけない。どうしてこんなにもダメなんだろう。

マキくんは私に、一度選択肢をくれていた。『聞いてくれるのか？』と、私に断る逃げ道を作ってくれていたのに。

言葉の代わりとばかりに、涙はぼろぼろと流れる。止めようと何度拭っても、後からじわりと湧いてくる。

御堂さんは、また黙ってソファに深く座り直すと、眉間を揉みながら静かにため息をついた。

私はそれにびくりと反応してしまって、体は余計に縮こまる。

最悪な空気、どうしようもない雰囲気に溺れて、ますます言葉は出てこない。

その沈黙を破るように、テーブルに置かれた御堂さんのスマホが突然鳴り出した。

広く静かなリビングに、呼び出しの音がいつまでも響く。

何度もコールされるけれど、御堂さんがそれに出る気配がない。私の方が心配になってしまうが、『電話に出てください』なんて言える雰囲気ではない。

時刻は十九半時を過ぎている。よっぽどの急用なのか、一度切れても繰り返し鳴り、ディスプレイを見た御堂さんがとうとう電話を取った。

「……もしもし」

ため息交じりの低い声。何度か短い返事をしながら、私の方を一度見て立ち上がった。書斎へ向かうらしい。

一人になったリビングで、ふうっと息を吐く。

あともう少し頭の整理が出来れば、今日あったことをちゃんと言える。マキくんの気持ちに応えるつもりはもちろんないこと。不用意に二人きりになってしまったけれど仕方がなかったこと。

誤解がないように話をして、これからはもっと気をつけます、と。

そう、言えればいいのに。

「……やっぱり一人で頭を冷やそう」

ふと、こんなときに以前、江実とコーヒーショップで話したことを思い出した。

『あたしだったら、何回も話し合って決めるかな。仕事好きだし、だけど一番大事な人の気持ちも大切にしたい。だからお互いが納得出来る道が見つかるまで、ケンカしてもとことん話し合う』

江実が言った言葉だ。ケンカしても、とことん話し合う。

御堂さんと私は上手くいっているが、まだまだお互いに遠慮していることも知らないこともたくさんあって、微妙な空気になっても私はケンカすることを避けてきた。

ケンカしたくない、じゃなくて、ケンカしてでも話し合えばよかったのかな。

そう気づいた途端に、また涙がぼろぼろと流れ落ちた。

「……難しい。御堂さんとケンカなんて、どうやるのかわかんないよ」

本音がふいに溢れる。

ただ一方的に怒りや不満をぶつけるだけなら簡単だ。だけど、私がしたいのは相手がどう考えているのかを知ること。自分が気持ちを聞いてもらうことだ。

結局、ケンカも腹を割った話し合いも、信頼関係がしっかりしているか、覚悟がないと難しいのかもしれない。

そういう面では、私は御堂さんを大好きだと思いながらも、踏み込んでケンカになるのを恐れて何も出来なかった。

いや、仲直りが出来る自信がなかったんだ。

二人の間に育ち始めたばっかりの信頼の芽を潰したくなくて、逃げていた。

今は一人になりたい。ぼろぼろ泣いているところを見られて、面倒くさいなんて思われたら立ち直れなくなる。

自分の寝室にこもろうかと考えたけれど、今の御堂さんならきっとドアを壊してまでも私を一人にはしない。彼が雰囲気が悪くなってもそばにいてくれるところは、アメリカで時折過ごした子供時代の生活の名残なんだろうか。

海外映画でもたまに見る、そういうシーンを思い出していた。

御堂さんは書斎に行ったきり、立て込んでいるのか戻ってくる気配がない。

一人になるなら、頭を冷やすのは今しかない。

私は何かに急かされるように、涙を拭うこともなく、何も持たずにマンションに戻ってきたまんまの格好で玄関ホールに向かう。パンプスを履いて、そうっと音を立てないように玄関のドアを開けて、立ち止まる。

そうだ。御堂さんの前から、黙っていなくなっちゃいけない。絶対に。

このまま、少しの時間だって何も言わずに消えたら、御堂さんは絶対に傷つく。

だから、書斎にまで聞こえるように玄関ホールから大声で叫んだ。

「頭を冷やしてきます！　絶対に戻りますから！」

あとは一目散だった。タワーマンションのなかなか来ないエレベーターが、今夜はタイミングよく来た。もし来なかったら、御堂さんに捕まる前に延々と続く階段を一階まで何十分もかけて駆け足で下りようとしていた。

何が私をこんなにも突き動かすのか。悲しいから？　悔しいから？

さっきまでたくさんの出来事でいっぱいだった頭が、どんどん真っ白になっていく。

マンションの豪華なエントランスを早足で抜けて出ると、夜の空気にコートも着ていない体がひとつ身震いをした。

涙が辿った頬が、夜風に当たるとひりひり熱くて、冷たい。

右か、左か。迷いながら、なるたけ明かりが多い道へ走り出す。前を歩く人を追い抜くたびに驚かれるが、ごめんなさいと心の中で謝って走る。誰だって、真後ろから誰かが走ってきたら警戒するし、怖い。

ヒールで走る特有の音を響かせて、何年かぶりに必死に走っている。

浮かんだのは、マンションのバルコニーから見える運河だ。方向もこっち。十分もあれば着きそう。あの大きくて静かな川沿いまで行って、深呼吸をして、頭を整理したら戻ろう。

帰ったら、今度こそ叱られるだろうな。呆れられる。

そう想像するとやっぱり気持ちがビクビクしてしまうけど、走って体を無心で動かすことで、真っ白な裏側でごちゃごちゃだった頭の中に考えるための隙間が出来る。

逆だったら？　もし立場が逆だったら、私はどう振る舞ったか。

既婚者である御堂さんに、ずっと好きだったと誰か女性が想いを告げる。二人きりで。

私はそれを目の前にして、どう思う？

その場から連れ出した御堂さんは、黙ったままで私に何も言わない。説明も謝罪もないまま、ただ黙っている。

「あーっ！　私のバカー！」

たまらなくて、大声で叫ぶ。

息が切れる。まだちょっとしか走っていないのに、足はもつれて転びそう。パンプスのヒールも絶対に削れた。

久しぶりに走っているからか、止まってもいないのに既に膝ががくがくし始める。

転ぶ、とわかっているのに、頭から体への信号がストップしてしまったみたいに、言うことを聞かず前のめりになった。ただ無心に進む様は執念に近い。

だけど、目指した運河はまだ先だけど、走るのを止めた。

止めた、というより、止められた。

あっ、と案の定バランスを崩しながらよろけて転びそうになった私の腕を、御堂さんが後ろから掴んで助けてくれたからだ。

部屋にいたまんまのジャケットを脱いだ格好で、端正な顔から流れる汗もそのままにして。大きく息も乱したまま、私の腕をしっかりと掴んでいる。

御堂さんは、私が思ったよりうんと勘もよかったし、足も速かったみたいだ。

運河まで辿り着けなかった私は、御堂さんに手を引かれておとなしくゆっくりと歩いてマンションに連れ戻された。

エレベーターの中でも無言のままで、だけど私はもうびくつくことはなかった。

部屋に帰ったら謝ろう、ちゃんと説明しよう。許してもらおうとか、納得してもらおうなんていうエゴには蓋をした。

許すのも、納得するのも御堂さんで、私がつらいから許せだなんて強要するものじゃないんだ。

部屋のドアを開ける御堂さんの大きな背中を見つめて、手のかかる妻で本当にごめんなさい、と思う。

きっと予想外だった。もっと自分の妻はおとなしい女性だと結婚前は想像していただろうに。

帰り道、力強く握られたままだった手が離された瞬間、玄関ホールで思いっきり抱きしめられた。

それは今まで御堂さんからしてくれた抱擁のどれもが、とても気を使ってくれていたのがわかるほど、ぎゅうぎゅうと力が込められていた。

苦しい、痛い。だけど、裸の心をぶつけられているみたいで、嬉しくさえ思ってしまう。

「……っ、御堂さん」

小さく名前を呼ぶと腕の力がふっと緩んだので、私からも抱きしめ返す。

大好きな温もり。私の両方の腕じゃしっかり回せないほど逞《たくま》しい背中。

あまりいい雰囲気ではなかった。私は泣いて脱走したし、御堂さんは黙ったままだったのに。

今、二人の間から温かな何かが溢れ出そうになっている。

「たくさん心配かけて、ごめんなさい」

そう素直に心から思った言葉を伝えると、御堂さんは私の肩に預けていた顔を上げて、まっすぐに見た。

「……柄にもなく、焦った。東子さんが俺以外の男と二人きりのところを見て。いや、相手がアイツだったから」

こつん、と優しくおでこ同士がぶつかる。当てられたままの至近距離が恥ずかしくて、私はそっと目を閉じる。

「ずっと、待てると思ってたんだ。夫婦になれたんだから」

「……それって、どういう」

心臓が早鐘を打ち出す。

「白状する……結婚する前から、東子さんのことを知ってた。君は業界では有名だったから。お近づきになりたくて、四ノ宮との提携をうちの社長に持ちかけたのは俺だよ。お義父さんから結婚話を出されて、すぐに承諾した」

喉から絞り出すような、掠れた声。心に秘めていたことを、今は私にだけ言葉にして伝えてくれている。

「私のこと、知ってたんですか？」

「知ってたさ。広報の仕事ぶりも美しさも……仕事で顔を合わせながら、じっくり口説いていこうって思ってた。いきなり結婚することになって、会見の日まで東子さんが来てくれるか今度は不安で仕方がなかったよ……当日にフラれる覚悟もしてたんだ」

ああ、だからあのとき——初めて会場で顔を合わせたときに、御堂さんは『よかった』と呟いたんだ。

「一緒の暮らしが始まって、なかなか顔を合わすタイミングがなかったけど、君が俺のマンションで暮らしてる事実にそれはもう……ずっと浮かれっぱなしだ。焦ったり慌てたりするのに甘えてきたり。そばで見ると想像の何倍も可愛くて胸にくる」

語尾が消え入りそうな小さな声だけど、私にはしっかりと聞こえている。

熱のこもった声に、心がじりじりと照らされ、焦がされる。

「……君の同僚のアイツは、俺よりも先に東子さんに出会った。まだ俺の知らない表情やいろんな面を、そばで見て知っていたんだろ？　それだけで」

――嫉妬でおかしくなりそうだ。

今度ははっきりそう言って、息を吐いた。

「毎日どんどん君の存在が大きくなる。俺の今までの経験なんて全く役に立たなくて、楽しくて、焦って、不安で……発表会で共犯になってくれた東子さんの笑顔を見てからずっと、まるで初めて恋をしているみたいで苦しい」

そんなの、私だって同じです。

そう伝えたいのに、胸も頭もいっぱいで、もどかしいほどに何も言えない。

御堂さんが、私の名前を呼ぶ。そして――。

「離す気はないよ……愛してる。だから、東子も俺のことをいつか好きになって」

苦しい胸から息を吐くような声。それは懇願にも似ていて、私の心臓は掴まれたように切なく震えた。

おでこが離され、私は目を開ける。

窺うような深いアンバーの揺れる瞳に、何度も射抜かれた心はトドメを刺された。

「……そんなの、もうとっくに好きになってます。好き、大好き」

それだけじゃ足りなくて、屈んでいた御堂さんの唇に、背伸びをして口づける。

慣れていないから下唇しか当てられなかったけど、この世で一番柔らかいものかと思うくらい幸せな感触に、熱い涙が滲む。

御堂さんの目が、とろけるように細くなる。大きな手で私の両方の頬を挟んで、それから首筋まで、ついっと形を確かめるようになぞる。

「……夢を見てるみたいだ。そうだったら立ち直れそうもないよ。夢じゃないか、確かめさせて」

お返しとばかりにキスが降ってきた。ついばむように、何度も軽く唇を食《は》まれる。

「……あっ」

気持ちが通じ合った後のキスは、まるで甘い麻薬みたいだ。もっと深く欲しい、止めないでほしい。

そう願っているのが通じたように、今度は噛みつくようなキスの後で、僅かに開いた唇の隙間から熱い舌でゆっくりと口内を弄《いじ》られて力が抜けた。

「もう、もうダメ……っ」

「まだ足りない。俺を受け入れて……そう」

口内をくすぐる舌に、見よう見真似で自分の舌先をそっと絡めると、ちゅうっと吸われて、お腹の奥がずくり、と愛おしさで疼《うず》いた。

好き、スキ、すき。愛してる。

言葉と体と、あと、どうしたらこの湧き上がる想いを御堂さんに全部伝えることが出来るんだろう。

何度も何度も、御堂さんがキスをしながら私の名前を呼ぶ。そのたびに内側から温かな気持ちで満たされて、頭のてっぺんまでいっぱいになった。

そこから溢れた気持ちを分けたくて、私も息継ぎの隙間で「一成さん」と名前を呼ぶ。

「好き」と伝えると、照れたように一瞬だけ視線をそらす。

こっちまでますます照れてしまう。一成さんのその顔は、きっと私だけしか知らない。

昼休みのオフィスは、皆が社食や外へランチに出払っていて静かなものだ。

それでも普段は一人や二人は残っているものだけど、今日は珍しく誰もいない。

窓からは暖かい陽射しが差し込んで、積み上げられたファイルや処理の途中であろう書類、開きっぱなしのノートパソコンを静かに照らす。

私は調べ物をしながら、片手間にサンドイッチを齧る。共用のパソコンでは食べ物片手に作業なんて絶対にしないけれど、私物のノートパソコンではついやってしまう悪い癖だ。

　隣では、マキくんがアンパンを食べていた。紙パックの牛乳まであって完璧なセット。私が食べているサンドイッチは、昼休みになってすぐ、マキくんが近くのコンビニでアンパンや牛乳と一緒に買ってきたものをもらった。

　約束したわけではない。ただ、話をするのは今日だろうなと、お互いに思っていたみたいだ。

「……昨日、怒られたろ」

　誰に、なんて聞き返さなくてもわかっている。

　昨日あれから私は、マキくんとの間に起きた出来事をそのまま、ごまかすことも隠すこともせずに話をした。

　知らないことが余計に一成さんの不安を煽るなら、すべてを知ってほしいと。

「んー。とりあえず夜の街を全力疾走して、日頃の運動不足を強烈に思い知った」

　足の筋肉が悲鳴を上げる痛みで目が覚めたことで、本気でジム通いを考えてしまった。

「よくわかんないけど、大丈夫だった？」

「……うん。ありがとうね」

昼休みのオフィスでする話じゃないけれど、いつか御堂さんに電話をかけた誰も来ない階段の踊り場や、二人きりでのお茶に誘ったりはもうしない。

誰かに見られても、昼食をとりながら雑談しているようにしか見えない。

心の中はとても凪《な》いでいて、落ち着いていた。奥底にまだ秘密としてしまってあったものを、今日マキくんには話をしようと決めていた。

マキくんも、私に話をしてくれたから。

「私ね、ディヴェルティメントの副社長と結婚してくれないかってお父さんから言われて、びっくりしたけど仕方がないとも思ったの。一人娘だし、会社のことを考えたらね」

悲劇のヒロインぶるつもりはないけど、やっぱり抗えないと感じたものもあった。

役割、みたいなものだと。嫌だと言ったら、たぶん無理強いはされなかっただろう。

最終的に決断したのは私だ。

「でも、こんな出会い方だったけど、今はどうしようもなく好きなんだ。御堂さんのこと」

するり、と言葉に出来た。恋心を切り裂く残酷な言葉だとわかっている。けれど、私も正直な気持ちをマキくんに知ってほしいと思った。

マキくんは一度下を向いて、勢いよく頭を上げて「だよな～」とふにゃりと眉を下げて笑った。

それを見て、私の鼻がつんと痛くなる。

「オレさ、四ノ宮の旦那に初めて会社で会ったとき、目線だけですっげー牽制されたの」

「すれ違ったときかな。私が家でマキくんの話をしてたからかもね」

「……お前なぁ、旦那に他の男の話なんてするなよ。心配させんな」

そんな軽口を交わす。柔らかな陽射しが差し込む静かな時間の中で、ひとつの恋が微睡《まどろ》むように終わるのを今、感じている。

「……バカ。泣くなよ」

「……泣いてないよ、花粉だよ。花粉がもう飛んでるから、反応しちゃってるだけだって」

マキくんが隣から渡してくれたポケットティッシュは、ずっとそこにしまったままだったのか、挟まったチラシごとくしゃくしゃになっていたのが意外で、ふふっと笑ってしまった。

第八章

「CEOが東子に会いたいって言うんだ。時間があまり割けないのが申し訳ないんだけど、俺も妻として紹介したい。ディヴェルティメントに来てもらえるかな」

スターワールドのCEOが、パークの建設進捗を自ら確認するために来日する。

そう一成さんに聞かされて、ぜひ行きたいと二つ返事をしたのが先週だ。

スターワールドの現CEO、アダム・ホランド氏は相当のやり手で、いくつもの大企業を盛り上げたのちにスターワールドのCCOからCEOへ就任した。

好奇心旺盛でチャレンジ精神の塊。それと同じくらい責任感と忍耐強さを兼ね備えた人物。野心的な部分を批判する人も多いらしいが、ディヴェルティメントアトラクションズへのライセンス許可も、この人に決定権がなければ下りるのはもっと先になっただろうと言われている。

私も一成さんの妻、そして四ノ宮ホールディングスの代表として、いつか機会があればご挨拶が出来たらと思っていた。

今回の先方からの申し出は願ったり叶ったりだった。

ホランド氏には秒刻みのスケジュールが組まれているため、会える時間はランチの時間を利用したほんの数十分ほどらしい。

ありがたいと思いながら、その約束の日に合わせて私は有休を取った。

朝、出社する一成さんを見送るために、玄関ホールまで後ろをついていく。

そこで、今日はここから丸の内にあるディヴェルティメントの本社まで普通に電車で向かうと伝えると、それは一成さんからダメと言われてしまった。

「どうしてですか？　ちゃんと遅れないように向かいます。いざとなったらタクシーも使うし」

「ダメ。本当は毎朝の通勤の電車だって乗せたくないのに。何かあったらって気が気じゃないよ。昼前に鈴木を迎えにやるから、それまでおとなしく脱走しないで家にいてくれよ？」

なんて言ってニヤリと笑うので、一成さんの脇腹を軽く突っつく。

「そういうことを言う。二人で運河までまた走ります？」

「いや、あんな肝が冷えることはもうごめんだ」

聞いてもいないのに、一成さんは笑いながら大げさに私の前でわざとよろめいてみせた。それから持っていた鞄を足元に置いて、そばにいた私をふわりと抱き寄せる。

「……今日、会社で会えるの楽しみにしてる。愛してるよ、行ってきます」

ちゅ、と唇にひとつ。額にもついでにとばかりにひとつキスを落として、真っ赤になる私を満足そうに見て、颯爽《さっそう》と出ていった。

「……うわーっ」

ポポポッと頬に熱が集まる。

先日、お互いに想いをぶつけ合ってから、一成さんは私に対して愛情を隠さなくなった。言葉もハグも、我慢しない。思ったことをストレートに私にぶつけてくる。

私も想いの大きさや重さでは負けるつもりはないのだけど、あんな風にさらりと『愛してる』なんて恥ずかしくて、とてもじゃないけど言えない。

いまだに名前で呼ぶことだって照れて口ごもる一瞬を、一成さんは目ざとく私の表情から察して、期待した目を細める。

私が意識し過ぎて、けど期待に応えたくて必死で呼ぶ名前を、ニコニコと聞いてくれるから。

慣れないと、と思いながら、跳ねる心臓はまだまだ無理と騒いでいる。幸せでつい笑ってしまう口元を押さえて、支度を再開するために、ヨシ！と気合いを入れた。

お昼前、一成さんが宣言した通りに鈴木さんが迎えに来てくれた。

初めて来訪したディヴェルティメントの本社は、何度か見かけたときに抱いた外観への感想と同じ。一歩踏み入れた建物の中もすごかった。

まるで新鋭の美術館のような、シックで機能性と想像力が働く、シンプルかつ大胆な造りの広いエントランスホール。

軽く説明をしてくれる鈴木さんの後を歩きながら、最上階へだけ直行するエレベーターに乗り込んだ。

本社の最上階は社長室と副社長室、それに特別なお客様に対応するためのサロンと秘書課が入っていると教えてくれた。

「やっぱりすごいですね。四ノ宮の本社でもエレベーターは共用ですよ」

「普通はそうです。病院ではないのでそれで支障はないと思います。それに今日は無事かつ迅速に奥様を連れてこいと副社長が厳しく言うので使います。本当は共用エレベーターからの眺めもいいんですけど」

「ふふ。鈴木さんにはいろいろとお世話になっていると一成さんから伺っています」

そんな会話をしながら、あっという間に最上階へ着いた。エレベーターの扉が開くと、自然の光を取り入れた総ガラス張りのフロア。眼下に広がる都内の景色に、まるで空の上を歩いている錯覚を起こす。

「東子！」

その先のサロンの出入口と思われる扉の前で、一成さんが待っていてくれた。下に着いたときに、鈴木さんが素早く到着の連絡を入れていたのは一成さんだったのか。

ここで見る一成さんはますます自信に満ち溢れていて、思わず惚《ほ》れ直してしまいそう。いや、惚れ直した。

朝マンションから出ていった一成さんと同じなのに、やはり職場では違って見えて眩しい。油断するとまた口元が緩む。唇から気の抜けた声が出ちゃいそう。

今から大事なご挨拶があるのに、急に一成さんの顔を見るのが恥ずかしくなってしまった。大丈夫じゃないな、私。

「……鈴木さん、私の今日の服装に変なところはありませんか？　一成さんの妻として、紹介していただいても大丈夫でしょうか。私の旦那様が格好よ過ぎて、今さら不安になってきました」

一成さんに聞こえないように、こっそりと小さな声で鈴木さんに問う。

わけのわからないことを口走っている自覚はある。紹介されるに耐え得るそれなりの身なりと、自分の夫が格好よくて惚れ直すことは、全くベクトルが違うから。

見上げた鈴木さんの眼鏡の奥の瞳が笑っている。

「大丈夫です、安心してください。本日の奥様も大変お美しいですし、副社長にはもったいないほどです」不安げな顔をなさらないで」

「顔、顔は大丈夫ですか。あ、どうして一成さんってあんなに素敵なんでしょうか」

「奥様の前ですから、とびきり格好つけてるんですよ。だけどほら、見てください。副社長の口元もじわじわ緩んできてる」

「鈴木～、聞こえてるぞ」

いつの間にかそばに来ていた一成さんが、鈴木さんをふざけて小突く。

「何話してたの」

「私と奥様との内緒です。どうしても知りたかったら、直接奥様にどうぞ」

「鈴木さんっ！」

一成さんは私の肩を抱いて、焦る顔を覗き込む。

「あの……っ」

「俺に言えない話なの？　鈴木と二人だけの内緒？」

『内緒？』なんて可愛い聞き方で、私の口元はさらにゆるゆるにされてしまう。

「いや、あの、一成さんがニヤニヤしてるねって……ふふっ」

「はい。お二人とも仲良しなのは大変結構ですが、中でホランド氏がお待ちかねです」

私は焦ってじわりと浮いてしまった額の汗をハンカチで拭って、深呼吸をする。

一成さんは「後でじっくり聞かせて」と言って、あの会見のときのように私の背中をポンッと軽く勇気づけるように叩いてくれた。

鈴木さんが軽くノックして、サロンの扉を開けてくれた。一成さんの後ろから入室する。

「初めまして。君が一成の奥さんだね！　驚いた、一成は女神様と結婚したのか！」

ワオ！と両手を広げて、ホランド氏は英語でそう私に話しかけて微笑む。

英語が聞き取れるのか窺う様子のホランド氏に、しっかりと笑顔で返す。英会話は子供の頃から、将来必要になるものだと父に言われ続け、日常会話が出来るまで勉強させてもらっていた。

「初めまして。妻の御堂東子と申します」

一成さんから妻だと紹介されて、私が挨拶をすると、ホランド氏は友好的に握手をして接してくれた。

やはりアメリカ人。大柄だ。一成さんだって百八十センチ以上はあるのに、ホランド氏はさらに背が高く恰幅《かっぷく》もよかった。それでも威圧的ではなく、安心感を与える仕草で私に気を使ってくれるのがわかる。

彫りの深い顔を笑みでくしゃりとさせて、私が緊張し過ぎないように和ませてくれる。

その隣で、じっと私を見ていた一人の若い女性を、ホランド氏は一人娘だと紹介してくれた。

デボラ・ホランド。スターワールドの専属キャラクターデザイナーで、日本限定になるキャラクターのインスピレーションを得るために一緒に来日した。

栗色《くりいろ》のベリーショート、透き通るような白い肌。濃い睫毛に縁取られた、垂れた目元がセクシーな二十四歳。

オーバーサイズのざっくりニットに細身のパンツ、ごつい厚底のブーツ。ユニセックスな服装が格好いいのに、セクシーで目を惹く。身長は私より高く、華奢でお人形のように綺麗な人。

親の七光りなんて言葉を吹き飛ばすほど、彼女の創り出すキャラクターは魅力的で世界中で人気だ。

スターワールドのマスコットキャラクターは人間と同じような生活をするクマで、名前はパーカーという。パーカーには多種多様な仲間がいて、可愛いだけではない、どこか物語を匂わすキャラクターの関係性にコアなファンがついている。

ホランド氏のことを調べると、デボラさんの話題ももれなく一緒についてくる。実力主義のアメリカにおいて、彼女もまた若くして才能を開花させ飛躍している一人だ。

何万人もフォロワーがいる自身のSNSで、日本カルチャーが大好きな彼女は原《はら》宿《じゅく》や秋《あき》葉《は》原《ばら》でショッピングをするのと、ラーメンを食べに行くのがとても楽しみだと発信していた。

彼女にも挨拶をしたが、短い返事をするだけであまり歓迎されていない感じが伝わってきた。こちらから失礼なことを言ったり、ジロジロと見たりしたわけでもないのに、居心地が少し悪い。

どこかつまらなさそうな、不貞腐れた顔を隠そうともせずにいる。そういう仕草も、美人だからか余計に迫力が増している。

デボラさんは私のことを頭のてっぺんからつま先まで、こちらが視線を泳がせてしまうほどじっくり見た後、ホランド氏に何か耳打ちをした。

「……ああ！　それは名案だ！　一成、デビーがトーコと友達になりたいと言っているんだが、いいだろう？」

友達になりたい。本当に？　だってデボラさんはさっきからホランド氏の横からずっと私を睨んでいる。美人の睨みは力がある。けれど引いたりはしたくないので、私はにこやかにしている。

悲しいかな、今までそういうことがなかったわけじゃない。言われもない噂に嫉妬を含んだ視線。そんな矢面の先に立たされるなんて慣れっこだ。

だけど、初対面からいきなりそれってどうなの？　そんな気持ちが、私の負けん気に火をつける。

一成さんが私の様子を窺うように、ちらりと見た。きっとデボラさんの様子を見て、何か思うところがあるのだろう。

私は『大丈夫』と目線だけで返事を送って、小さくニコッと笑ってみせた。熱くなり過ぎないようにしないと。気が引きしまる。

一成さんも、返事をするように微笑む。そんな私達を見て、苛立《いらだ》った様子のデボラさんに急かされ、友達になるのだからと強引に連絡先の交換をさせられた。

ご挨拶が済んだら帰ろうと思っていたのに、一成さんとホランド氏に引き留められる。

サロンに用意された高級割烹料理店の仕出し弁当をいただくことになって、急にご一緒してもいいのか慌ててしまった。

とても美味しいはずのお料理が、さらなるデボラさんの尖った視線を受けることで、結局味わう余裕もなく、針のむしろに座る思いで必死に喉に通すことになってしまった。


それが二日前。あの何とも言えない微妙な初対面から二日後の今日、デボラさんから急に連絡をもらって、私の退社時間の後に会うことになった。

指定された場所は、ホランド氏と彼女が来日中に泊まっている五ッ星ホテルの高級ラウンジ。一度着替えにマンションへ戻りたかったけれど、約束の時間に絶対に間に合わないのでそのままラウンジへ向かう。

たぶんドレスコードがあっても、綺麗めのオフィススタイルなので大丈夫だと願いながら足を速める。

気合いを入れるために途中でパウダールームに寄り、アイラインとリップを綺麗に引き直した。

あの迫力ある美貌と張り合うつもりはないが、武装は完璧で行きたいのが女心だ。

いつもより気持ち赤めのリップを唇に乗せる。

アイラインは目尻だけちょっぴり跳ね上げて、何度か瞬きして見え方を確かめる。

うん、いい感じ。

今日デボラさんと二人で会うことは、一成さんにトークアプリでメッセージを送って知らせた。既読はホテルのある最寄りの駅に着いてもまだつかなかった。ホランド氏と一緒にいるかもしれないので、数分でもお邪魔してしまう電話にしなくてよかったと胸を撫で下ろす。

ラウンジは三十七階のロビー階で、オレンジ色に染まる夕暮れの東京湾が一望出来た。とてもシックな雰囲気で、ロマンチックなロケーションだ。

広いバルコニーにはテラス席もあり、海を眺めながらゆっくりとした時間が過ごせそうだ。ラウンジはカフェタイムが終わり、今はバータイムに入っている。

天井の高い開放的な造り。ゆったりと座れるソファ席で、先に来ていたデボラさんに向き合う。

「私のことはデビーでいいから。敬語もやめて」

そういきなり早口な英語で言って、デビーは細いフルートグラスの中のシャンパンを一気に空にした。

私もデビーと同じものを注文して、今日の帰りはタクシーになるな、とソファに座り直す。

すぐによく冷えたシャンパンが給仕されて、心の中で『今日もお疲れ様！』と一人で乾杯をして口をつける。

輝く黄金色《こがねいろ》、微かな葡萄《ぶどう》の風味の奥に、甘みのコクがふわりと広がって渇いた喉に染み渡った。

「あなた、お酒好きなの？　そんな風に見えないから意外ね」

「……このシャンパンが美味しいから、そう見えるんじゃないかな。意外だった？」

そつなく答える。

嘘だ。本当はお酒大好きだし、こんなにいいバーがあるならいろいろ試してみたいけど今日は我慢する。

今日、デビーに呼ばれたのには絶対に何かある。そう思わせるくらいに、不自然な呼び出しだ。

「うん。トーコって、なーんにも知らないようなお嬢様って感じ」

おおっと。いきなりジャブだ。猫が弱った虫やネズミを嬲《なぶ》って遊んでいるときの目、ああいう目でデビーは私を捕らえようとしている。

「今日はどうして私を誘ってくれたの？」

気づかないふりをして、にっこりととぼけて様子を見る。

「ジョシカイっていうんでしょ、女の子同士で集まって有意義な情報を交換するの」

デビーが真っ赤なリップを乗せた唇で、自信ありそうに語る。

女子会。有意義な情報の交換。そうだったっけ。私と江実だと、美味しいご飯と仕事の愚痴、それと休みが百日欲しいとかそんな俗っぽい話ばっかり楽しくしている。そういうのをひっくるめて、日本では女子会っていうのかもしれないけど。

アメリカじゃ違うのかな。あっちのセレブは、株とか土地とかハリウッドスターのこととか、そういう話をしているんだろうか。

それに、デビーが言う女子会の割には、何だか不穏な雰囲気なんだけど。

ラウンジには静かにピアノの音が流れて、橙色の落ち着いた明かりが灯された。海の上ではレインボーブリッジが綺麗に光っている。まだ時間が早いからか、私達以外にはお客はいない。

「トーコには、あたしがカズナリのことを教えてあげなきゃと思ってさ」

……来た。一瞬反応した私の顔を見て、デビーがそれはもう嬉しそうにニヤリとした。

デビーと初めて会ったときのあの不機嫌さ。もしかしたらデビーは一成さんのことが好きだったんじゃないかと頭をよぎった。

一成さんがアメリカへライセンス契約を取りつけるために何度も渡米した際に、きっとデビーだって顔を合わす機会があったはずだ。そこに恋心が生まれても、おかしいことはない。

この結婚について文句を言われるか、別れてほしいと迫られるか。

身構える。ドク、ドク、と心臓も鳴る。

「カズナリはね、ずっとパパに結婚はしばらくしないって言っていたの。少なくとも去年の夏まではね。それが突然トーコの会社との提携と同時に結婚した……ねえ、トロフィーワイフの気分はどう？」

トロフィーワイフ。社会的に成功した男性がステータスを誇示するためだけに、美しく魅力的な女性を妻にする。その妻となる女性を指す、ある意味で軽蔑的《けいべつてき》な言葉だ。トロフィーワイフは、見た目の美しさだけが際立って、それしか価値がないという意味もある。

デビーはふっと息を吐いて、ほんの少しだけ眉を下げた。彼女の浮かべたその表情に、ふと違和感を覚える。

「カズナリは野心的な男だわ。パパとおんなじ……自分の会社、自分の立場をより上げるためには手段は選ばない。カズナリがラッキーだったのは、シノミヤと結婚したら、娘のあなたがとびきり美しかったことね。企業としてのさらなる後ろ盾と、トロフィーワイフの両方を手に入れた」

……予想外だった。もっと声を荒らげたり、グラスのひとつでも飛んでくるんじゃないかと思っていた。そんな風に勝手に想像していたものだから、静かに告げられて拍子抜けしてしまった。内容は、思いっきり失礼なんだけど。

確かに一成さんは、野心的なところもあると思う。けれど、その根本には大事な思い出があるのだ。それを知らずに、そんなことを言ってほしくない。

デビーが私の表情をちらりと窺ってくる。私が泣き出すとでも思っていたのかもしれない。

泣きはしない。だけどやっぱりちょっとだけ傷ついたし、ムカついた。上辺だけ見てそんなことを発する言葉のナイフを、上手く全部かわしきるほどの自信が私にはまだついていない。

彼女ほどの仕事の成果はない。けれど自分なりに悩んだりしながら頑張っている。

一成さんだったら、ひょいっと全部綺麗に言葉のナイフを避けちゃうんだろうな。

「……トロフィーワイフの気分」

「そう、どんな気持ち？　ベッドの中でもそうやって受け身で、カズナリはつまらないでしょうね。頑張らないと、外に恋人を作られちゃうわよ」

デビーはそう吐き捨てた。フロートグラスの中で、小さな泡が生まれては消えていく。

ああ。そんなことはしたくないし、するつもりも毛頭ないけれど、誰かを言葉で傷つけたいのなら下調べって大切なんだ。事実で丁寧に研いだ、きちんと理に適《かな》っているナイフじゃなければ、心の深いところまで刺さらない。

だから、傷ついたのはちょっとだけ。掠り傷だ。そんなにダメージを受けなかったことは、私にとって幸いだった。

ベッドの中でも、というデビーのたとえ話は全く響きもしなかった。正直に言えば、一成さんとはまだそういうことをしていない。それをひどい言葉で指摘されていたら、思わずぽろりと泣いてしまったかもしれないけれど、彼女はそうだとは微塵《みじん》も思わなかったようだ。

まあ、それはそうだよなぁと思う。逆に今は、デビーに聞いてみたい。どうしたら喜ばれるの？

そんなことを聞いたら、バカにしていると勘違いされて、いよいよグラスのひとつや二つ飛んできそうだけど。

私の中で生まれた恋心は、想いが叶ったことで満たされて、強くなった。キャンキャン鳴いて騒いでいた子犬は、今やケルベロスに成長した。頭が三つ。より強そうだし、一成さんの妻としてはそのくらいじゃないと。噛みつかれても、ぐっと耐えられる。

「デビーは面白いことを言うのね。一成さんに恋人を作る余裕なんてないわよ、昼も夜も私に夢中だもの。ベッドの中で私を離したくないって顔、すごくセクシーなのよ？」

盛った。思いっきり盛ってやった。いかにも本当っぽく聞こえるように、魅力的な女性の表情や視線を意識した。迫力ある美人なら、素晴らしいお手本が目の前にいる。表情をよく観察して鏡のように取り込めばいいのだ。

最後に、挑むような目線でデビーを捉える。

デビーが一瞬、ひるむ。大きな瞳を揺らして、私からすぐに目をそらす。

嘘をつくには本当のことも交ぜないと信憑性《しんぴょうせい》が出ないので、今度は正真正銘の真実を。

「確かに、一成さんが言っていたことはそのときはそうだったんだと思う。けど私達は縁があって結婚したの。私は一成さんの家族になりたい。これからずっと先もね」

今度は自然に笑顔になった。私は馴れ初めがどうであれ、一成さんと家族になりたい。それに、一成さんは結婚前から私のことを知っていてくれた。私はもう、それを聞いたとき、嬉しくて叫び出しそうな気分だった。

デビーはまさか私に反撃されるとは思わなかったのか、何度か言葉を紡ごうとして詰まり、ついに黙ってしまった。

お互いに黙ったままの数分が過ぎる。デビーがどう切り返してくるのか、また意地悪を言うのか。

デビーは私をきつく睨みつけると、立ち上がり、そのままラウンジを出ていってしまった。

私はあっけに取られてしまって、引き留めることも追いかけることも出来なかった。

デビーはひどい言葉を私に投げつけながら、あんな傷ついた顔をしていた。その理由は彼女が行ってしまったことで、知ることは出来なかった。

私はふぅーっと長く息を吐いて、深くソファに座り直す。緊張していたから、ため息と一緒に力も抜けた。

気になる。すごく気になる。あんな、まるで私よりも傷ついた顔をしていた。暗くなった東京湾の海面に映って滲みながら揺れるネオンを眺めていたら、ふと、ものすごく重大なことに気づいてしまった。

デビーは女子会と言っていたけど、考えてみたら夫の大事な取引先のお嬢さんとのお茶会でもあった。

そこで、私はデビーをたぶん怒らせてしまった。先に私を傷つけるようなことを言ってきたのはデビーだけど、やり返したのは私だ。

デビーの言う通り、受け身のまま傷ついた顔のひとつでもしていれば、ある意味あの場は穏便に収まっていたかもしれない。だけど、それは私が我慢出来なかった。

ホテルから出て、車寄せに待機しているタクシーへ乗り込む。行き先を伝えて目を閉じた。

冷や汗が出る。目が回りそうだし、心臓は今にも止まりそうだ。

どうしよう、やってしまったかもしれない。

万が一今回のことがきっかけになってしまって、一成さん達が頑張って誘致に成功したスターワールドに何かあったらどうしよう。

いても立ってもいられず、帰宅してからずっと一成さんの帰りを玄関ホールで待っていた。

玄関のドアが開く。いきなり飛びついた私を咄嗟に受け止めた一成さんは、それはもう驚いた顔をした。

「……ごめんなさい、ごめんなさい……！」

「どうした、何があった」

私は怒られるのを覚悟して、起きたばかりの出来事を話した。

ひどいことを言われて、我慢出来ずに言い返したらデビーが席を立って出ていってしまったことも、彼女の様子に違和感があったことも。ベッドの中で云々は、恥ずかしくて濁してしまったけれど。

二十二時を回ってもスーツのままリビングで私の隣に座り、じっと話を聞いてくれた一成さんは、「東子」と私の名前を呼んだ。

「ごめんなさい！」

反射的に謝ると、彼は大きな手で私の頭をくしゃりと撫でた。

「大丈夫。まず今回のことでスターワールドに何かあるかもって心配するなら、それは絶対にない。俺が保証する」

「だって、デビーは機嫌悪くしちゃったんですよ。だから——」

「理由は二つある。まず、ホランド氏は娘が不機嫌になったくらいでプロジェクトをどうこうする人間じゃないんだ。いい意味でも悪い意味でも」

あ、と気づく。デビーの話しぶりから、何となくホランド氏との距離感を覚えていた。

「あとひとつ。デボラは元々不機嫌だった。それはホランド氏のせいでもある。デボラも結婚するんだ。ホランド氏が決めた製薬会社の御曹司と」

「結婚、ですか」

デビーも父親が決めた結婚を控えていた。なのに、自分と似た境遇の私にきつく当たる理由……。

「俺の勝手な想像だけど、行き場のない気持ちを東子にぶつけてるんだと思う。自分の父親に訴えても、ホランド氏はきっと聞く耳を持たない。結婚の話だって最初から、選択肢なんてデボラに与えてないだろうから」

「それじゃ……」

一成さんから見た私の顔は、一体どんなだったんだろう。一成さんは私を見て、困ったような表情を浮かべた。

「だから、パークのことは心配しなくて大丈夫なんだ。で、俺には、東子はパークと同じくらいデボラのことも心配してるように見える」

その通りだった。彼女と会っている間、気になっていた表情。ひどいことを言われたけれど、そんなものはどうでもいい。

あれは、まるで自分自身を傷つける言い方だった。

自己満足。そんな言葉がぐるぐる回る。私が気になるからという理由だけで、彼女の内側に踏み込んでいいわけがない。彼女は放っておいてほしいと思っているかも。もう会ってくれないかもしれないし、会えても口をきいてもらえないかもしれない。

でも、もし、もしも、誰かに聞いてほしい、話をしたいとデビーが少しでも考えていたとしたら……。

ダメ元でチャンスが欲しい。

「一成さん、私、もう一度デビーに会いたい」

「東子の考えてるようには、デボラは自分のことを話してくれないかもしれないぞ」

「それなら、それでいいの。それに会ってくれなかったら、諦めます。デビーの気持ちを尊重したい。無理強いはしたくないから」

会えなかったら、この話はもう終わり。デビーをそっとしておいてあげたい。

会ってくれた場合でも、自分から聞き出したりはしない。デビーが自分から話をしてくれたときは、しっかりその声に耳を傾ける。

まだ二度しか会ったことがない。けれど、だからこそ、まだ名前のついていない関係だから出来る話もきっとある。

「わかった。明後日《あさって》、ホランド氏とデボラと会うから、そのときに話してみるよ。どう言ったらいい？」

「じゃあ、日本にいる間にもう一度、女子会しましょうって私が言っていると伝えてください。私も連絡先を知っているけど、一成さんに間に入ってもらった方が、デビーが気乗りしない場合も断りやすいと思うから」

「女子会、か。女子じゃないけど、俺も参加してもいい？」

本気か冗談か判定しづらい表情の一成さんの顔を見ていたら、自然に笑ってしまう。

「あはは。私のことは心配しなくても大丈夫ですよ」

「……本気なんだけどなぁ。でも、東子が笑ってくれてよかった」

ふに、とほっぺたを柔らかく揉まれた後、撫でられる。

「ふ、くすぐったい」

「ちゃんと東子からのお使いが出来たら、ご褒美《ほうび》くれる？」

ご褒美。そうだ、伝言をお願いするのだから、お礼をしないと。

「はい！　何がいいでしょう。一成さんの好きなご飯を腕によりをかけて作りましょうか？　それとも、欲しいものとか？」

一成さんがにっこり笑って私の頬から手を離したと思ったら、抱え込まれるようにソファに押し倒されて、視線の先には高い天井が見えた。

あっという間。状況を把握する時間も与えられず組み敷かれる。匠《たくみ》の技か。

「い、いきなり性急過ぎませんかっ」

何が起きようとしているか全くわからないほど、さすがに私も子供じゃない。

「ご褒美のことなんだけど」

一成さんの欲がちらりと覗く表情を浮かべるのを見た瞬間、心臓はすぐに早鐘を打ち始めた。

「……東子を抱きたい」

指先で一撫でされた唇から、体が熱を移されたようにじわりと熱くなる。塞がれて、自分とは違う体温の舌で唇をなぞられて、軽く食まれる。

この先を想像するのは容易い。耳たぶを指でくすぐられて、何度も角度を変えて合わされた唇の端から声が漏れる。

気持ちいい。求められること、触れてもらえた場所。二人、体を重ねたソファの上でどんどん熱に浮かされていく。

……今日の下着、セットの可愛いのでよかった。だけどお風呂、せめてシャワー……なのにタイミングー！

どこで言う？　いや、もう言わないと。すぐ中断してもらわないと。だけど。

一成さんの興奮した少し荒い息遣いが聞こえると、胸が締めつけられて、このまま流されてしまってもいいと思ってしまう。

だって好きな人に抱かれるんだ。

シャワーもまだだし、リビングだけど……リビング！　それはさすがにダメだ。ハードルが高い！

ハッと閉じていた目を開けると、一成さんの閉じた瞳から、放射状に綺麗に伸びた長い睫毛がすぐ間近にはっきりくっきりと見えた。

「……ぷはっ、ダメです！　ストップ！」

キスを無理やりに中断して声を上げると、話を流すため、さらに重ねようと落とされる唇を手で塞ぐ。

「んんっ」

「一成さん、ご褒美はまだです。まだお使いが済んでないでしょ！」

一成さんの口元を覆った自分の手を外すと、素早くちゅっとキスされてしまった。

「……流されてほしかった」

「もう！　それに、初心者に明かりのついたままのリビングはハードルが高過ぎます！　私は普通がいいんです。明かりを落としたベッドルームじゃないといろいろ気になり過ぎてしまって……」

困ります、と続けようとした唇をまた一瞬塞がれた。そうして——。

「わかった。デボラへの伝言は必ず伝える、必ずだ。東子、明後日から、君のベッドルームは俺のところだから」

「……りょ、了解しました」

「東子の全て、心も体も隅々まで、くまなく俺のものにする」

「は、はい……」

宣言した通り、一成さんはデビーに会い、伝言を伝えてくれた。その日のうちに、デビーからトークアプリにメッセージが届き、二回目の女子会の開催日が決まった。

【楽しみにしてる】とメッセージをデビーに送って、リビングの時計を見る。

二十時、私の緊張は最高潮だ。

下着は約束した翌日に奮発して、胸の形がよりよく見える、ちょっとセクシーなのを新調した。

髪のトリートメントも、スキンケアも、宣言された夜から時間をかけてしている。

夕飯はもう支度してある。今夜のお風呂の後は、保湿のボディクリームって使っていいの？　だって、な、舐《な》めたら苦そうだよ？

「ああ～……！」

広々としたリビングに、私の声だけが響いて消える。

今日、何十回目かの意味のない言葉を吐いてカチカチの体から力を抜こうとしても、余計に意識してしまってさらに固まる一方だ。

緊張して泣きそうで落ち着かなくて、リビングと玄関ホールをうろうろと行ったり来たりしていると、気配もなくいきなりガチャリと玄関のドアが開いた。

私はとても驚いて、ふいに驚かされた猫のようにぴょんっと飛び上がってしまった。

ドアを開いた張本人。一成さんはそんな私の様子を見て、ニッコニコと満面の笑みを浮かべている。

変なところを見られてしまった。

「お、おかえりなさい」

「うん。ただいま」

何してたの？って聞いてもらえた方が、いくらか気持ち的にはマシだったのに、一成さんは私が落ち着かずにいたことをお見通しのようだ。

目線で、雰囲気で、全部で私のことを好きだって伝えてきて、両手を広げる。

「帰ってきて、すぐに東子の顔が見られて嬉しかったから、抱きしめさせて」

ほら、と私を促す。

私の緊張してガチガチで可愛くないところも、どうしていいのかわからず泳ぐ視線も、きっと丸ごと全部、そのままを受け止めてくれるだろうな。

ううん、残さず全部受け止めてほしい。

砂糖とチョコレートとキャンディと、この世のありとあらゆる甘い物と雷を、大釜でことことじっくり煮詰めたような夜が明けた。

翌朝のどうしようもない気恥ずかしさと、隣で眠る一成さんの健やかな寝顔を見たら、幸せ過ぎてちょっとだけ泣けてしまった。

第九章

「はい、じゃあ第二回女子会を始めます！」

デビーがあからさまに緊張で固まっている。私はこの間は遠慮してシャンパンにしたけど、今日はバーボンソーダでスタートだ。

再びのデビーとの女子会。あの日と同じラウンジで。時間も夜にしてもらった。話を繋いでくれたのは一成さんだけど、同席は丁寧にお断りをした。

今日は二人だけでとことん話し合う。敬語も遠慮もいらないと、さっき今度は私からデビーへ伝えた。

「カンパーイっ」

小さな声をかけると、デビーはおずおずと前回と同じシャンパンの注がれたフロートグラスを、私のバーボンソーダにこつりとぶつけた。

控えめな間接照明だけのテラス席。海の方向へ向いた二人がけのソファに並んで座る。夜の海は静かに、見える限りの果てまで、たゆたう水で満たされている。潮の匂い。ふわりと吹き込む海風が髪とピアスを揺らす。

今日のデビーは黒のタートルニットにプリーツが贅沢に効いた白のロングスカート。華奢でフラットなパンプスから見える足の甲には、小さな鈴蘭のタトゥーが覗く。

私はこの間のデビーを意識して、綺麗めなジャケットに細いパンツ、とびきり戦闘力の高いピンヒールで。ラフにまとめ上げた髪に合うように、大ぶりでキラキラした揺れるピアスをつけた。

何だかお互いを意識したせいで、今度は服装のテイストが逆になってしまったようだ。二人して自分達の格好を見合って、察して小さく笑う。

「……トーコ、怒ってるよね」

この間の山猫みたいな猛々《たけだけ》しい雰囲気を置いてきてしまったのか、デビーは借りてきた家猫よりもおとなしい。

もしかしたら、と思っていたことが確信になっていく。やっぱりこの人は、本来はあんなことを言うタイプの人間じゃないんだ。

私の顔色を窺いながら、叱られないかビクビクしている子供みたい。そういう不安げな表情は、心が抉《えぐ》られてしまう。

私はそんな人に追撃するような悪魔でもないし、何より今日はデビーの話に耳を傾けたかった。

それから二人で好きなこと、楽しいこと、話して笑い合って、美味しいお酒が飲みたい。

「怒るっていうより、焦ったよ。デビーとあんな風になっちゃって、もしパークがダメになっちゃったらどうしようって」

「パパに言いつけたりしないわ！　そこまで子供じゃないわよ！」

確かに。あの後も、パークは多少の遅れは見せながらもしっかり建設は進んでいる。

何かがストップをかけられたとか、そういう類いの話は出なかった。

一成さんも、そこは心配ないと断言していた。私はすごく焦ったけれど、その言葉を信じるしかなかった。

「うん、全く問題なかった。だから、ちゃんと改めて女子会をやろうと思ってさ」

テーブルには、お酒の合間につまむボンボン・ショコラがおしゃれな小皿に盛られている。

週末の夜、ラウンジは賑わっていた。恋人同士に見える二人や、お酒を楽しむ年配のご夫婦、あっちのテラス席は私達と同じできっと女子会。

大きな声で騒ぐ人はいない。皆、落ち着いたトーンでこの時間を楽しんでいる。

私はバーボンソーダを一口飲んで、グラスをテーブルへ置いた。デビーをじっと見る。彼女からの言葉を待つ姿勢だ。

急かすことはしない。デビーの心を自己満足のために踏み荒らさないって決めたから。

「……この前は、失礼なことを言ってしまってごめんなさい」

デビーの大きな瞳がみるみる揺れて、ぽろっと涙が溢れた。

脇に置いた鞄から予備のハンカチを差し出すと、拒否することなく受け取ってくれた。

「いいよ。あれが本心からだったら私もいろいろ考えただろうけど、あのときのデビーの方がつらそうだったもん」

「……ありがとう」

デビーは身を寄せてきて、私の肩に頭をそっと預けた。甘いヴァニラの香りがする。

片手を回してデビーの背中に添えると、寄りかかられた体に体重が乗ってきた。

遠慮、しないんだ。

まるで全力で甘えられているようで、何だか彼女のことがどんどん可愛く思えるようになってきていた。

もし私に妹がいたら、デビーみたいな女の子がいい。瞬きするたびに睫毛から星が散るような、とびきり可愛くて強気で、本当は優しい女の子。

ぴったりとくっついた私とデビーの間に、新しい関係が生まれようとしている。こちらからもぐいっとお返しにと体重を預けると、押し合いになって、そのうちにお互いから自然に笑いが込み上げた。

そうだ、友達になる瞬間ってこんなだった。

それがデビーにも伝わったみたい。二人してくすくす笑って、示し合わせたようにもう一度乾杯をする。

「……トーコ、私に結婚の話が出てるの、知ってる？」

「うん。ごめん、一成さんから聞いちゃった」

囁くように、自分の話を始めたデビーの声に耳を傾ける。絶えず繰り返し打ち寄せる波の音が、私達を包む。

「……幼馴染なの。初恋の人。彼しか好きになったことがなくて……ずっと片想いしてたんだ」

幼馴染の同い年。彼は有名な製薬会社の御曹司で、優しくて落ち着いた人だという。目立つタイプではないが、あまり父親との関係がよくないデビーをずっと心配してくれたり励ましてくれていた。

好きだという気持ちは、彼と今まで築いた穏やかな関係を壊したくなくて告げずにいるらしい。

そして今回、その彼との婚約が決まった。

「話を聞いたときには、本当に嬉しかったわ。生まれてきてよかったって、初めて強く思ったの。だけど、すぐにその気持ちは萎《しぼ》んだ……結局この結婚はパパの望むもので、彼が望んだものじゃない」

「彼とは話をしたの？」

「ええ、少しだけ。彼は、何となく昔からそんな予感がしてたって。それがどういう意味なのか、怖くて聞けなかった。嫌だったけど、理由を無理やり作ってパパについて日本へ来たの。離れて考えたくて」

初恋、それも今も継続中。好きな人との結婚をはっきり断るなんてことは出来ない。そもそも、もう結婚は本人達の考えの及ばぬところで決定されていた。彼の気持ちもわからず、手放しで喜ぶことも出来なくて、ずっと苦しかった。

そう言い終わると、デビーはほうっと息を吐いた。

「……だから、トーコとカズナリが羨ましくなってしまって。初めてトーコを紹介された日、カズナリは本当にトーコを愛おしそうに見ていた。それを見ていたら、自分がすごく惨《みじ》めに見えて」

「デビー……」

「本当にごめんなさい。こんな人間じゃ、彼に好かれることはこの先にもないわ」

デビーは申し訳なさそうに、だけど今度は泣くのを我慢するみたいに眉を下げて微笑んだ。

「デビー、無理して笑わなくていいよ。無理すると眉が下がるの、わかっちゃった」

デビーは自分の眉を片手でパッと隠して、「ママと彼しか知らないのに」と、今度は照れくさそうな表情を浮かべた。

私はデビーの話を聞いて、何よりもまず彼と話をすることが最優先だと感じた。だけど、私だって人に偉そうに言える立場じゃない。ついこの間まで、話し合うこともケンカすることも難しいと思っていたのだ。

だから、デビーには私達の話をしたい。

デビーと同じ、親が決めた結婚から始まった私と一成さんの話を。

「あのね、私と一成さんも、政略結婚ってやつだったんだよ。親が決めたね。しかも、初めて会ったのは入籍後で……これは状況がこうだったから仕方ないんだけど、プロポーズもされてないの。それに私は男性とのお付き合いの経験もないし」

デビーは大きな目を真ん丸にして、「本当に？」と繰り返す。

彼女が以前私に言った『カズナリはシノミヤと結婚した』は、ある意味では間違いではない。私達は、お互いの会社の将来ごと結婚した。

「本当だよ。ぶっちゃけちゃえば、ベッドルームだって最近まで別々だった。私は入籍してから一成さんのことが大好きになっちゃってね、このままずっと夫婦でいながら片想いが続くんだろうなって思ってたんだ」

早く早く、好きな気持ちが落ち着いて、家族を思うような穏やかな気持ちに変わることを望んでいた。自分が惨めにならないように、と。

「……だけどやっぱり、今までの歴代の彼女とかそういう存在を意識すると、きつくて。それで勝手に嫉妬して機嫌を悪くしたり、約束が守れなかったり、走って逃げ出したり。一成さんの前ではただ綺麗で可愛くいたいのに、格好悪いところばっかり見せちゃって」

恥ずかしかったよーっと笑うと、デビーはもっと詳しく聞きたいと身を乗り出してきた。

そんなデビーの口にボンボン・ショコラをひとつ放り込んで、私もつまむと、とろけるような甘さが広がる。

夜空に浮かぶ真ん丸の月に、薄いベールのような雲がかかる。ぼんやりと輝く月の光が溶けたみたいなバーボンソーダの氷が鳴った。

「……そのときのトーコは、カズナリに自分のことを好きになってほしくなかったの？」

「デビー、想像してみて。あんなハイスペックの数値が振りきれた人に好きになってもらおうなんて、恋愛経験がゼロに等しい私にはまず無謀だと思ったの。棒きれだけ持たされた布の洋服一枚の勇者が、生まれた村を出た途端に、ラスボスにエンカウントした状態なんだから」

想像してみたのか、デビーがたまらないとばかりにケラケラと笑う。

「だからね、いつか家族として私を好きになってくれたらって願ってた」

そうすれば、家族としてなら一成さんとずっとそばにいられる。

「……だけど、やっぱり無理だった。私のことを恋愛対象として好きになってほしいって思っちゃうよね。必死で棒きれ振り回したよ。で、結局いろいろあって、一成さんも私のことを好きだってわかったんだ。だから私達、今、夫婦だけど恋人になりたてな気分なの」

結婚してから始まる恋愛もある。それに、これは女の勘だけど、デビーの婚約者が言った『そんな予感がしていた』は、いい意味でだと思うんだ。

「上手く言えないけど、デビーのパパのことは一旦置いておいて、自分がどうしたら一番ハッピーになれるかを考えてほしいよ」

「……私達も、いつかトーコ達みたいになれると思う？」

「うん。せっかく好きな人と結婚出来るんだよ？　きっと上手くいくよ。デビーの気持ちを知ったら彼は喜ぶんじゃないかな」

あなたと結婚出来て嬉しいって、デビーの言葉で伝えてほしい。

「……もっと早く、トーコと友達になれればよかった。私、明日パパを置いてアメリカに帰るわ。彼と、今とても会いたい。会って大好きだって直接伝えたい」

「いいなー、恋する女の子だね」

「だって、トーコの惚気話を聞かされちゃったら、たくさん元気もらっちゃったんだもの！　私の棒きれは幼馴染な分、経験値が上がってて、鉄パイプくらいにはなってるかしら」

「あはは！　やっぱり惚気だったよね！　いいじゃん、鉄パイプ、思う存分振り回してきなよ。足りなかったら私の棒きれも待っていきなよ」

私達はその夜、まるで昔からの親友のようにはしゃいで肩を寄せて、ひそひそと秘密を打ち明けるように恋の話をたくさんした。

彼の話をしながら照れくさそうにはにかむデビーは、やっぱりとびっきり可愛い女の子だった。

そうして、来年のパークの竣工式《しゅんこうしき》のパーティーでの再会を約束して、翌日デビーは彼に想いを伝えるためにアメリカへ帰っていった。


あれから何度も時間を作っては、一成さんと一緒に、着々と完成に近づいていくパークを見に行った。

真夏の陽射しの下、枯れ葉の匂いが混ざる風の中、珍しく雪が降り積もり真っ白な世界でも。

桜の花が一斉に咲き乱れ、春風がたくさんの命の目覚めを促す輝く季節。

ついに、スターワールドジャパンが完成した。

五月の開園に向けて、約一ヵ月間の習熟期間に入る前に竣工式が執り行われる。そこでパークに関わる全ての企業の方々、海外から招いたお客様、マスコミや関係者を招いた盛大なパーティーがパークに併設されたホテルで盛大に開かれる。

ホテルは今日、パーティー参加者のために部屋も提供していた。パーティーの後にゲストに泊まっていただき、正真正銘のオープンに備えたスタッフの動きの確認や運営のシミュレーションも兼ねることになっている。全てのサービスは、本番と同じクオリティで提供される。

デビーから一ヵ月前に『最高のヘアメイクアーティストを連れていくから、トーコはカズナリにドレスを選んでもらってね』と連絡をもらっていた。

本当は二人お揃い、またはテイストの似たドレスを着ようと、デビーと友達になれた夜に盛り上がっていたのに。

確たる約束ではなかったし、少し残念に思いながら、パーティードレスを一成さんに選んでほしいとお願いすると、それはもうびっくりするくらいに張り切ってくれた。

元々、一成さんのセンスはすこぶるいいので、心配することはなかったけれど、逆に選びきれずに悩ませる事態になってしまった。

「東子はどうしてそんなに可愛いんだ。なのに大人の女性の一面もある」

「や、普通に大人ですからね、私」

「可憐に笑ったかと思ったら、ふと憂いを帯びた視線を俺によこしてくる」

「……疲れが隠しきれてなかったみたいです、すみません。うん、もういっそ着物にしようかな」

「絶対ダメだ。全部俺が選ぶ」

そうして何十枚ものパーティードレスを実際に見に行ったりネットで探したりした末に、デコルテが綺麗に見える深いブルーのドレスに決まった。

インナードレスがブルー。その上から重ねるようにレースの生地の二枚重ね。すっきりとしたシルエットのロング丈。ノースリーブなので、二の腕と背中には気合いを入れないといけない。

試着してみせると、一成さんは満足そうに頷いた。翌日から私に巻き込まれる、ヘルシーな夕飯と筋トレが続くことを知らずに。

デビーのために用意された部屋は最上階のスイートルーム。百二十平米はあり、窓からはパーク全体を見渡せる絶景のロケーションになっていた。昼の景色もワクワクするけれど、光が溢れる夜景は最高だろう。

久しぶりにデビーに会える。それが嬉しくて、部屋を訪ねる足取りが軽くなり、お土産の焼き菓子を入れた紙袋を持つ手にも力がこもる。パーティーの支度を始める前、少し時間をもらえる?とデビーにお願いをされて、一成さんと二人でデビーの部屋へお邪魔することになったのだ。

今回は残念ながら都合が合わず、デビーの旦那さんは来日出来なかったので、顔を合わせてのご挨拶はまた今度となった。

部屋のドアを軽くノックする。

「ハイ！　久しぶりね、元気だった？」

ドアが開き、約一年ぶりに再会したデビーのお腹は、その存在を主張するように真ん丸に膨らんでいた。

「……デビー。私、今、嬉しい気持ちが爆発しそう！　どうして早く教えてくれなかったの。飛行機乗ってきても大丈夫だったの!?」

「今、七ヵ月だからギリギリってとこね。パーティーが来月だったら参加出来なかったわ。ドレス、お揃いにしようって約束したのにごめんね」

「そんな、それはいいよ！」

サプライズ成功！と中に招かれたが、私は意識の全てをデビーの膨らんだお腹に持ってかれていた。

アメリカへ帰ったデビーから、彼と想いが通じたと連絡をもらっていた。二人の挙式では、写真もたくさんトークアプリで送ってくれたし、電話もした。

うっとりするような美しい純白のウエディングドレスに身を包んだデビーが微笑む横には、誠実で優しそうな男性が寄り添うように立っている。

彼がデビーの幼馴染で、旦那さん。デビーを労るように肩を抱く写真では、こちらにまでデビーが大好きだって伝わってくる素敵な表情だった。

やっぱり二人は両想いだったんだ。私が出来たことはひとつもなかったけれど、スマホを眺めながら『ほらー！　だから大丈夫だって言ったじゃん！』なんて盛り上がってしまった。

その二人の赤ちゃん。デビーのまあるいお腹に命が宿って育っている。

「ああ、もう！　何か嬉しくて泣きそうだよ」

感情が昂《たか》ぶって思わず涙を流す私を、デビーは優しく抱きしめてくれた。

「デビー、お腹！　お腹潰れちゃうよ、赤ちゃんがっ」

「このくらいは平気よ！　ほら、ベイビー。私の親友のトーコよ。わかる？」

デビーは私の手を取り、お腹に触らせてくれる。赤ちゃんは起きているのか、ポコッと一度内側からその存在を知らせてくれた。

私は自分の手に伝わってきた赤ちゃんからの反応に感激して、すりすりとそこを撫でる。

以前、父が話をしてくれたことを思い出す。父もきっと超音波写真に写った一成さんの姿を見たとき、こんな気持ちだったんだ。

「赤ちゃんが、赤ちゃんがいる！」

すっかり語彙力をなくしながら一成さんに興奮して訴えると、笑われてしまった。

「デボラ、お腹の赤ちゃんの性別はもうわかってるのか？」

「とっくよ！　カズナリはどっちだと思う？」

一成さんはデビーと私のそばに来ると、自分の顎に手をかけながら、じっくりと丸いお腹を見て考えている。

「……男？」

「正解！　あなたも触ってみて。ベイビー、カズナリよ。今ここで手か足を動かしてるわ」

デビーに指差されたところに一成さんがそっと手を当てて、すぐに私の顔をパッと見た。

「……動いてる。腹の中から俺にハイタッチしてきた」

「あはは。キックかもしれないですよ！」

「天才か？　デボラ、この子が将来学業や就職で日本に来ることがあったら、俺達にもバックアップの協力をさせてくれ」

一成さんは、一瞬でお腹の中の赤ちゃんにノックアウトされていた。

「そのときはよろしくね！　カズナリとトーコには、ベイビーが生まれたらすぐに知らせるわ」

まだ見ぬ、親友の赤ちゃん。私達はその存在を確かめたことで、何だか不思議な気持ちになっていた。

一成さんは、さっき赤ちゃんからハイタッチされた自分の手とデビーのお腹を交互にしみじみと見ている。

いつか、私達の間にも、こんな風に赤ちゃんがやってくるのかな。そうしたら、こんな優しい顔をする一成さんをまた見られるのかな。

想像して、何だか照れくさくなってしまった。


デビーには、とにかく驚かされっぱなしだった。

最高のヘアメイクアーティストを連れていく、とは聞いていたけど、まさか今、最高クラスに世界中で引っ張りだこの人気者を連れてくるとは思わなかった。

ファッションショーでも雑誌でも、とにかく彼女の名前を見なかった月はないくらい。そんな有名ヘアメイクアーティストとアシスタントにキラキラの魔法をかけてもらって、私はどんどん綺麗になっていく。

日本未発売の七色のフェイスパウダー、薄氷を崩したみたいに儚《はかな》く輝くアイシャドウ、唇に乗せるととろける蜂蜜色のグロス。鏡越しに見ているだけで、気持ちが上がる。

今日は、それはもう緊張していた。別に私が挨拶やスピーチをするわけではないのだけど、今日集まったたくさんの人からは『御堂一成の妻』として見られるのだ。

メイクの仕上がった鏡の中の自分を見て、深呼吸をする。

「この魔法、この部屋を出た途端に消えたりしない？　まるで自分じゃないみたい……」

「これは紛れもない、あなた自身よ。ワタシはあなたのたくさんある一面を引き出しただけ。ほら、王子様が迎えに来たみたいよ？」

部屋のドアを、何度か軽くノックする音がした。

打ち合わせが終わって迎えに来てくれた一成さんに、会場までエスコートされて歩き出す。

一成さんも今日は遊び心のあるスーツに身を包んでいる。普段よりもシックな細身のモード。絶対にスタイルがいい人じゃないと着ることが許されないデザイン。髪も上げていて、格好いい。

「今日の一成さん、格好よくて素敵です」

「……俺は、東子が目を離した隙に誰かにさらわれちゃうんじゃないかってヒヤヒヤしてるよ」

エスコートされた腕が解かれ、肩を抱かれた瞬間。ちゅっと頬に一成さんの唇が触れる。

「あっ。人が見てるのに！」

一成さんはただでさえ目立つのに、今日はさらに注目を集めていた。

「俺の妻だぞって、マーキングはしっかりしておかないと。さ、どうぞ？」

再び左腕の肘を曲げて、エスコートポーズをしてみせる。やっぱり一成さんには敵わないなと思いながら、しゃんと改めて背筋を伸ばして、自分の右手を軽くかけた。


パーティーが終わると、ゲスト達はホテルの部屋へ戻ったり、帰るために呼んだ車でホテルの車寄せに渋滞を作っていた。

ラウンジも開いているため、そのままそちらへ流れるゲストも多く、盛況だ。

夕方になりライトアップされたパーク内も、搭乗は出来ないが散策が出来るようにと、全てのアトラクションが動いている。

スタッフもきちんと配置され、たくさんの人が生き生きとパークで働いている。散策にゲスト達はひとつひとつを楽しそうに見て回っている。

私達も会場から全てのゲストの退場を見送った後、ぐるりと見て回るために一枚羽織って園内に出ていた。

春の匂いと潮の香りを含んだ風が柔らかく吹き、舗装された道の脇に植えられた花や木が気持ちよさそうに揺れている。

テーマのあるエリアがひとつひとつ集まり、それが巨大なパークの造りになっている。エリアごとに建物やスタッフの制服から、流れる音楽や食べ物まで違うので、まるで眺めながら歩いているだけでも小旅行のようだ。

大きなショッピングモールにホテル。海からは運河のように水が引かれ、穏やかな水面をゴンドラや水上バスに乗ってパーク内を移動することも出来る。

地下にもいくつもアトラクションがあり、一日では遊びきれないほどの規模だ。

「こっち、秘密の場所に連れていってあげる」

一成さんは私の手を引いて、小さなお土産屋やフードを取り扱う店が並ぶ狭い路地裏のように入り組んだエリアを進んでいく。

このエリアはおもちゃ箱をひっくり返したような、小さなお店がひしめき合っている。それをひとつずつ訪ねるのが楽しそうだ。

その中の一軒、隙間に建つアンティーク風の時計を扱う小さなお店に入った。店内はまるで昔からそこに建っていたような懐かしさ。壁には大きな時計から手のひらに乗るようなものまで、プライスカードはなく、ずらりとかけられていた。

チク、タク、といくつもの秒針が進む音が重なり合う。

時計は進んでいるのに、時間は止まっているような感覚に一瞬息を呑む。

お客さんが五人も入ったらいっぱいになってしまう、そんな店の一番奥。カウンターには一人の男性スタッフがいて私達を迎えてくれた。胸にはウミガメを模したピンブローチが光る。

一成さんがスタッフに一枚の黒いカードを見せる。

「今日は、乙姫様をお連れしたよ」

「これはこれは！　お待ちしておりました」

スタッフは私に笑顔を向けてくれる。そして、こちらへ、とカウンターの裏に通された。店内からは見えない奥まった先には階段が見える。

「お気をつけて」と声をかけられながら、二人で長い階段を下り、扉の前まで来た。

「秘密の場所って、ここですか？　すごい、ドキドキします」

まるで秘密基地みたいだとはしゃぐ私に、一成さんは扉を押し開いてくれた。

——そこには、海があった。

薄暗く、広い空間の奥一面が巨大な水槽になっていて、たくさんの大小の魚が群れをなして泳いでいた。

思わず子供みたいに、隔てる厚いガラスのそばへ駆け寄る。

水槽の中を照らすための明かりだけが、水の動きで揺れながら足元にゆらゆらと光を漏らす。

高さも奥行きも十分にあるように感じられる水槽の中で、魚達はのびのびと泳いでいた。

「すごい……！　どうして。パークに水族館の予定なんて」

「うん、最初はなかったんだ。だけど地方で閉館する水族館から話が回りまわってきて、最後に残った引き取り手のない魚達をね。飼育管理するスタッフも必要だから、そこから魚達と一緒に来てくれる人も募って」

真上を指差す一成さんに、あっ、と気づく。

「さっきの、店員さん！」

「そう、彼も飼育スタッフの一人。ここはいずれＶＩＰ専用の秘密のバーになる予定なんだ。竜宮城をイメージした、海の底にある美しい場所で酒が飲める。旨そうだろ？」

まさかパークの下に、水族館並みの魚達が泳ぐ大水槽があるとは誰も予想出来ないだろう。

今は水槽から聞こえる機械音だけで、他には何も音がしない。

イワシの群れがぐるりとトルネードする横から、エイが大きな体で悠々と現れるのを眺めていると、境界線が曖昧になって、まるで自分まで海の中にいるみたいだ。

デビーの赤ちゃんのことやパーティー。一日中騒がしかった頭と心が、落ち着いていく。

こんな贅沢な水族館を、独り占めだ。

「東子」

「はい？」

名前を呼ばれて一成さんの方を向くと、私の両方の手を取られた。

一成さんの大きな手が、私の手を包んで握る。

「東子、君のおかげで、俺は自分の夢を叶えられた。正直に言えば挫《くじ》けそうなときもあったんだ。けど、東子が一緒に頑張ってくれたおかげで、ここまで来られた」

「一成さん……」

「俺は、これから先もずっと、百年先も君と生きたい。今度は東子の夢を叶えたい」

今は二人きりで海底に立っているみたいだ。

私の目をまっすぐに見つめる一成さんの真剣な言葉のすべてが、私に沁みて、満たしていく。

「愛してる。俺と、夫婦になってくれてありがとう。これからは、ゆっくりでいいから、俺と東子と……いつか子供とで家族になりたい。だいぶ遅くなったけど、これはプロポーズだよ」

プロポーズと聞いて、一人で婚姻届を提出に行った日のことを思い出していた。指輪も言葉もあのときはないまま、連絡先に入れてくれた一成さんの名刺だけを拠りどころにしていたんだ。

それを思い出したら、じわじわと目頭が熱くなる。

「ちゃんと、プロポーズしてもらえて、言葉で聞けてよかった……もうしてもらえないものだと思ってたから」

ずっと言えなかったことを伝えたら、心の裏側に刺さったままだった小さな棘がぽろりと抜けた。

「プロポーズも指輪も、遅くなってごめんな」

いつも自信に満ち溢れる表情が、申し訳なさそうに曇る。

一成さんの素直な気持ちが、掠れる声に乗って私の心に届いた。

「いいの。今すごく嬉しいから」

全身でそれを伝えたくて、思いきり一成さんに抱きつく。これ以上ないくらいの力を込めて、隙間なんて出来ないくらいに。

「私も一成さんと家族を作りたい。ずっと一緒に私と生きてください。これが私の夢です」

素直な気持ちと、一番の願いを伝えた。

心から大好きな一成さんと、ずっとずっと一緒に生きたい。

「……絶対叶える。東子がもう嫌だって言っても、俺の心臓が止まるまでは離さない。絶対に」

「私がお婆ちゃんになっても、しわしわの手を取って握っていてくださいね」

「素敵に年を重ねた東子のそばで、その手を握っていてもいい。それ以上最高な人生はないな」

一成さんは私を抱き上げて、くるくると海の中でダンスをするように回った。

私はそれがおかしくて楽しくて幸せで、お腹が痛くなるまで一成さんに身を預けて笑った。

二人して年を取って、もしかしたらときどき忘れっぽくなって。たくさんの思い出の欠片が手から溢れていってしまっても、絶対に今日この瞬間の一成さんの顔は忘れない。

幸せで仕方がないって、くしゃくしゃに笑う顔。

私も今、同じ顔をしてるんだろうな。

第十章

初めて東子の姿を見たのは、四ノ宮ホールディングスが業界向けに発行しているパンフレットに掲載された写真だった。

スターワールドジャパン開園に向けて、パークでのフード提供をしてくれる企業の選定に入っている中で入手した、四ノ宮ホールディングスのパンフレット。そこに彼女が載っていた。

色白で切れ長の印象的な大きな瞳。綺麗な艶のある黒髪。ふわりとしていそうな頬に、誌面だと忘れて思わず指先で触れてしまう。

真剣に自社の取り組みについて語っているその姿は、容姿端麗な分、とっつきにくそうにも見えた。

だが何ページかに渡るインタビュー写真の最後では、照れたように頬に手を当て、カメラから目線を外してははにかむ、そんなオフショットのような自然な姿に興味が湧いた。

「美人だよね、四ノ宮さん」

このパンフレットを用意した秘書の鈴木が、面白そうに隣から声をかけてきた。副社長室、俺と二人きりだと口調が砕けるが、いつものことなので気にしない。

「知ってるのか？」

「業界では有名人。なんせこの美貌で一人娘、将来は四ノ宮を継ぐんじゃないかと言われています。母親も有名な女優だったんですよ、確か」

日本のフード業界じゃ屈指の大企業、四ノ宮ホールディングスの一人娘。今は広報を担当させて表に出し、メディアにその容姿と名前の印象づけをしているのは上層部の作戦だろう。

「気になりますか、副社長？」

すぐに返事が出来なくて、黙ったまま広げたページに目を落とす。

彼女の見とれるような美しさに、これが本当に企業のパンフレットなのか、表紙を再び確認してしまった。

名前は……四ノ宮東子。胸につけた社員証にも、しっかり名前があった。

ギャップ、とでもいうのか。芸能人と言われても疑わない容姿で、業界の専門用語とユーモアを交えながら、自社のこだわりと商品開発について語る記事は進む。

聞き手と語り手、上手く噛み合って、つい先まで読み進めてしまう面白い内容になっていた。

彼女が笑うと、近寄りがたくも感じる清純な雰囲気が、ころりと一変して親近感に変わる。

その笑い方が、何だか俺の心をくすぐった。

カメラマンもそれを知ってか、後日再び鈴木に取り寄せさせた四ノ宮の広報誌にも、最後には笑う彼女の姿があった。

写真の次は、本物の姿を見たいと思うのは男の性だ。

俺は父親でもある社長に、四ノ宮ホールディングスとの提携の道もあると進言をした。

四ノ宮は国内に自社の食品加工工場をいくつも持ち、全国津々浦々にファミリーレストランを広く展開している。そのレストランの種類も多様なうえ、高級志向な割烹やフレンチの店も出していた。

彼女のことを抜きにしても、うちと四ノ宮とが提携をして損はないだろう。ディヴエルティメントが場所を、四ノ宮が食を提供することでお互いに支え合える関係になれる。

それに、父と四ノ宮の社長は高校の同級生だというので、一度会ってみたらどうかともつけ加えた。

「うちの自慢の一人娘なんだ」

後に義父となる四ノ宮の社長が見せてくれたスマホの画面には、両手に蟹の足を持ってふざけて笑う東子の姿があった。

写真なら見慣れていると思ったんだ。俺は随分と油断をして、「拝見します」なんて格好つけて、内心は期待をしていた。

知らない君の姿が見られる、なんて。

商談がひとまず終わり、ホッと肩の力が抜けた、そんな時間だった。

スマホに写る東子は、親しい人に向けてさらに砕けた少女のように笑っていた。腕《うで》捲《まく》りした、蟹を持つ細く白い指先から腕までもが眩しい。

頬をほんのり赤くしているのは、写り込んだ日本酒のせいだろうか。自宅で撮られたような写真は、完全にプライベートだった。

可愛い。すごく可愛いな。蟹を持ってはしゃいでいる。これは蟹の真似か？

まさか写真を俺のスマホにも送ってくれとは頼めないので、自分の目と脳に出来るだけその姿を焼きつける。

「……ふふ、素敵な写真ですね。娘さんは蟹が好きなんですか？」

思わず俺の目元も口元も緩む。

「好きみたいだね。これは一昨日、家で撮ったんだけど、夕飯は蟹鍋だったんだ。カメラを向けても嫌がらずにノッてくれるものだから、写真が増える一方だよ」

羨ましいな、と思った。蟹鍋ではなく、こんな顔を近くで見られる彼女の身近な人間を。

こんな風に無邪気な笑顔を向けられる、そんな関係になりたい。

その瞬間には、俺はもう東子に完全に恋をしていた。人生で初めての、いわゆるひと目惚れってやつだ。

まだ会ったこともない写真の中の東子に、心をすっかり捕らわれてしまっていた。

「可愛いだろ？　仕事も一生懸命やっているし、性格もしっかりしている」

「……ええ、パンフレットや会報誌で娘さんのことは存じ上げております。一度機会があったらご挨拶が出来ればと思っていました」

これはチャンスだと感じていた。スターワールドジャパンの開園に当たり、ディヴェルティメントと四ノ宮ホールディングスは業務提携をすることが決まった。そのため、今日はわざわざ四ノ宮の社長と役員自らが我が社に来訪してくれたのだ。

ここでアピールをしておけば、娘の四ノ宮東子本人に会えるのも時間の問題だ。

あわよくば、距離が詰められたらなんて考えていた。誰か付き合っている男はいるのか、そういう情報も喉から手が出るほど欲しいところだ。

そんな奴がいるかもしれない。いや、周りが放っておかないのは目に見えている。

小さく火のついた嫉妬心や独占欲が、息をするように大きくなっていく。

「……副社長の仕事ぶり、姿勢には感心しているよ。これならディヴェルティメントの将来は心配なんてないね。ところで、好いた人やお付き合いをしている女性はいるのかな？」

四ノ宮の社長は、俺の目をじっと見ていた。この薄い色の瞳は珍しいのか、こうやって見つめられることも少なくない。

「ありがとうございます……いや、そういった女性はいませんが。どうして」

「そうか。うん、よし！　一成くん、うちの娘と結婚しないか？　君のお父さんとは、もう話してあるんだ」

……結婚？

結婚って言ったのか？

俺が、四ノ宮東子と？

考えた時間は、たぶん十秒にも満たなかった。

頭の中で確認したのは、相手が四ノ宮東子に間違いないかだけだった。

それだけ間違っていなければいい。

形だけでも先に、東子を俺の元に繋ぎ止めたい。

「喜んで。そのお話、受けさせていただきます」

そう即答すると、まさかすぐに返事をすると思わなかったのか、言い出した四ノ宮の社長もそばにいた役員も、うちの鈴木でさえ驚いた顔をしていた。

俺の父親だけは、よく言ったとばかりに大きな声で笑い出す。

好きな女を手に入れるチャンスに、迷う暇なんてあるものか。


そうして発表会の日。

俺が用意した服やアクセサリーで身を包んだ東子の、黒曜石を思わせるきらめいた瞳がまっすぐに俺を捉えた。

あの日ほど、自分がポーカーフェイスが得意なことに感謝したことはない。表向きにはにこやかな表情を作りながら、心臓は何度も小爆発を繰り返していた。

浮かれて饒舌になっていたところに、思いもよらなかった東子からの反撃。

綺麗な顔で照れたように微笑む演技。まるでさっきの嘘が現実の出来事と錯覚しそうな東子の仕草に、自信のあったポーカーフェイスも一瞬で崩されてしまった。

東子には俺がどう映っているのか。好みかどうか。不快感はないだろうか。

人生で初めて自分の容姿に不安を持ったと、後日鈴木にこぼすと、『副社長にも人間らしいところがあったんですね』と軽口を言われてしまった。


五月に開園したスターワールドは、連日入場制限をかけるほど盛況が続いている。

季節のイベントにパレード、お土産やフードの新商品の提供、スタッフ教育に日々のメンテナンスと、ジェットコースターに乗っているように目まぐるしい。

ディヴェルティメントはスターワールドを作り、維持するだけの企業ではないので、新たなプロジェクトにも取りかかろうとしていた。

季節は深い秋に差しかかっている。

春から本格的にお互いのスケジュールを合わせて、本日、遅くなってしまったが東子のために式を挙げる運びとなった。

場所はやはりパーク併設のホテル。ここ以外には考えられないと、改めてお互いに確認をして決めた。

パークを一日貸し切ろうかと提案されたけれど、それは東子と二人で丁重に断った。

「明日のデザートは、私監修のレチェフランですよ」

シェフと打ち合わせをしていた東子が、嬉しそうに部屋に戻ってきた。今日は前泊という形で休みを取り、既にホテルの部屋でくつろいでいる。

陽は傾き、部屋を淡い橙色に染めていく。最上階のこのスイートルームからは、パークの賑わいや人出が見える。

楽しそうで、現実離れしていて、寂しさの欠片も見えない。それがいいと思う。

主役の東子はホテルに到着するなり、打ち合わせがあるからとシェフの元へ行ってしまった。俺は一人時間を持て余して、持ってきたパソコンで仕事をしていた。

レチェフランを自分の挙式で振る舞う。それは東子の希望で、俺もそれには大いに賛成だ。

ただ、打ち合わせをするシェフの中にアイツがいるのが少しだけ気になってしまう。

アイツ。東子の同僚だった岡田が、このホテルの総料理長の斎藤さんに直接引き抜かれたのは梅雨《つゆ》の最中の時期だった。

岡田はすぐに決断し、四ノ宮ホールディングスを辞めて斎藤さんの元へやってきた。

斎藤さんが直接声をかけるほど、そのセンスと腕は確からしい。自分の元で修業させたい、育てたいと、斎藤さんがわざわざ社長と俺に連絡をしてきた。

アイツには料理に対する溢れる才能とセンスがある。そんな話を以前にも東子がしていたので、この流れは必然的なものだったのかもしれない。

そこまで見初められたなら、このホテルにもプラスに働く人材といえる。

お義父さんからもよろしくと頼まれたし、個人的な感情で大きな才能をふいにするほど、俺はバカじゃない。

東子は少し落ち込んでいるように見えたが、俺の前では元気に振る舞っていた。

岡田は東子を好いていたけれど、東子はアイツを尊敬と目標とする眼差しで見ていた。そんな存在が突然いなくなるのは、やっぱり寂しく思うのだろう。

妬いてしまいそうな気持ちを抑え込みながら、なるたけ早く東子の気持ちが持ち直すように努めた。

「本当は私が作りたかったんですが、調理場には入れませんので。しっかりとレシピをお伝えして、お願いしてきました！」

隣に座り、にっこり笑う東子が愛おしい。

膝に乗せていたノートパソコンを脇に下ろして、東子の手に自分の手を重ねる。

入籍は顔を合わすことなく、東子に一人で婚姻届を提出させてしまった。

指輪を贈ったのも、プロポーズもだいぶ遅くなってしまった。

それはもう、かなり後悔している。

過去は変えられないからこそ、あのときの俺は倒れてでも、仕事を詰めて東子のために時間を作るべきだった。

それに、突然始まった新婚生活。東子が二人での生活と俺に慣れるまではと距離を取ったけれど、そのことによってまるで夫婦ではなく、同居人みたいな生活を送らせてしまったことも悔やまれる。

これから先の俺の人生、全てを捧げてもきっと、あの期間に寂しい思いをさせてしまった時間は取り返せない。

だからこそ、その分も東子に愛を注いで甘やかしたい。もっと俺に頼って、もっと愛してと言ってほしい。

「プリン、楽しみにしてる」

「絶対美味しいですよ。私もまた作りますから、二人で食べましょうね」

「うん。よかったら今度は俺も手伝っていい？」

東子の表情がパッとさらに明るくなる。それから目を細めて微笑んでくれる。

俺は東子から愛されている。そう自信をつけてくれる。

より強く西陽が差し込んで、東子の白い頬を染める。長い睫毛が影を作り、瞬きをする瞳の色がより濃くなる。

こんなに愛おしい存在が、ひとときも離したくないと思う存在が、自分にできるとは思わなかった。

たまらなくて、柔らかくて食べてしまいたくなる東子の唇にキスをすると、うっとりと目を閉じてくれる。

何度かついばみ、少しずつ深くしていく。

最初はタイミングが掴めず、息継ぎがぎこちなく苦しそうだったけど、今はだいぶ慣れたようだ。

こうした小さなことでも、俺の心は満たされていく。

滑らかな頬を撫でて、首筋から背中に手を回し、ワンピースのファスナーに手をかける。

小さなスプリングホックをつまんで外し、ファスナーに指をかけると、東子からストップがかかった。

「……ん、ダメです。今日はその、しないって約束したじゃないですかっ」

恥ずかしそうに俺の腕の中で身じろぎながら、小さく抗議の声を上げる姿はますます劣情を煽る。

「痕がついたら、明日のドレスに響くんだろ。つけないよ、絶対に。約束する」

東子の体に自分のつけた痕を残すのが癖になって、でもまずそれを禁止されたのが一ヵ月前。

ドレスの最終調整から帰ってきた東子から言い渡された。真っ白い背中に何ヵ所かつけられた痕が自分ではわからず、着つけを手伝ってくれたスタッフにこっそりと教えてもらい気づいたと、顔を真っ赤にして怒った。

そして、挙式前夜は抱くことを禁止されてしまった。

「俺はもう我慢出来ないよ。毎日だって抱きたいのにお預けされてるんだ」

「や、だけど」

「なら、俺がタオルでも噛んでいるよ。ただ、東子の肌を舌で可愛がることが出来ないのが寂しいけど」

少し強く吸っただけで、赤く痕が残ってしまう白い肌。滑らかでいい匂いがして、俺の手で撫で上げると敏感に震える。

そのうちに汗でしっとりとしてくると、夢中でしゃぶりついてしまう。それを我慢しないといけないなんて、酷だけど。

「……愛してる、東子」

「……もう！　その顔とお願いに、私が弱いのを知っててやってますね。あー……私だって、我慢してたのに」

ソファから抱き上げると、さっき自分で言ったことを思い出して照れたのか、首に強く抱きついてきた。

顔は見えないが、体温が上がった肌はワンピース越しに感じられる。

「絶対に、絶対に痕はつけないでください」

「仰せのままに、お姫様」

「つけようとしたら、その鼻の頭を齧って赤くしちゃいますからね。あと……ゆっくりがいいです」

ベッドルームへ向かう足取りが軽くなる。

東子は首に抱きついたまま、そんな俺がおかしいのかくすくすと笑った。

翌日は、秋晴れのからっとした真っ青な高い空。今日もパークは多くの人で賑わっている。

ホテルに併設された小さなチャペルでは、二人で誓いを交わすのを親族のみで見守ってもらった。

東子の顔を覆う薄く白いベールを持ち上げると、泣きそうな表情を浮かべながらふにゃっと俺に微笑む。

ああ、東子と俺は毎日ちゃんと家族になっているんだ。

東子のこういう顔をそばで見たい。気の抜けた笑顔が見たい。そうずっと願っているんだ。


披露宴では数百人の招待客に二人で挨拶して回るのに一苦労だったが、プリンについて『美味しい』と声をかけられると東子は一際嬉しそうにしていた。

ブライダルプランナーに、利用したカップルからもプリンは反応がいいと聞いていた。だが、こうやって生の声を聞けて、頑張っていた東子は嬉しさもひとしおだろう。

たくさんの人に祝われて、感動して涙ぐみ、笑い、感謝をする。

イングリッシュガーデンになっているホテルの敷地内へ出ると、溢れんばかりの大きな花をつけた秋薔薇達が咲き誇っていた。

ここはパークの敷地と繋がっているため、来園した人にも、立ち入れないが眺めて楽しんでもらえる仕組みになっている。

「……わあ！　すごい、一成さん！　皆さんが！」

パークに来園した人がたくさん集まって、盛大な拍手で迎えてくれた。

「あっ！　ほら！」

チャペルの鐘が鳴り出すと、パークの至るところから一斉にカラフルな無数の風船が空に舞い上がった。

後から、後から、絶えずに。

歓声と拍手の中、誰もが空を見上げ、この瞬間を楽しんでいる。真っ青な空に、色とりどりの風船が浮かんでいく。

「……すごいな」

「一成さん。スターワールドをこの場所に作ってくれて、ありがとうございます。私、今日のこの風景も一生忘れません」

空を見上げる東子のベールやドレスが風に揺れて、眩しくキラキラと光っている。

今日この空を映した瞳も、白い頬も、感謝を告げる可愛らしい唇も声も。

俺も忘れない。忘れないよ。

新婚旅行は、東子の提案でアメリカになった。

母の墓参りがしたいと。そして、俺の母方の祖父母に迷惑でなければ挨拶がしたいと申し出てくれた。

電話でそれを知らせると、祖父母はとても喜び、東子を歓迎したいと言ってくれた。なので、滞在中は祖父母宅で過ごすことになった。

挙式の少し前から、疲れからか微熱を出す日がある東子の体調が心配だったが、病院や解熱剤を勧める俺の提案をやんわりと断って早く眠りに就いていた。

東子は張り切ってお土産を買い込み、挙式が無事に終わった翌々日、二人してアメリカへ飛んだ。

母の故郷、そして眠る場所のコネチカット州は日本からの直行便もあるため、移動が楽だ。その分、機内でたっぷり寝て時差に備えようとしたけれど。

「私、何だか緊張しちゃって眠れなくなっちゃいました……」

「どうして？　緊張することなんてないよ。皆、歓迎してる」

「一成さんのお母様や、お祖父様、お祖母様に初めてご挨拶するんですもん……」

東子はカチコチになってしまっているが、それも祖父母に会えばきっとすぐに打ち解けるだろう。

今頃、祖父母やメイドは東子を迎える用意をわいわいと楽しくしている。

祖母とメイドはお菓子を焼いて、祖父はアルバムを何冊も出して東子に見せる用意をしている。それを開いては、東子にどんな話をしようか考えて、母の写真を見ては心の中で静かに語りかけているのだろう。

そんな想像が鮮明に頭に浮かぶほど、電話越しの祖父母は楽しみにしてくれている。

「たぶん、今のうちに寝ておかないと体力がもたないぞ。祖母は君と庭や買い物に出たがるし、祖父の話はとにかく長い」

「あはは。楽しみにしてくださってるかな」

「それはもう。一日に何度も、東子の好物や苦手なものをメールで聞いてくるんだ」

安心させたくて、くしゃりと東子の頭を撫でると、下げた頭から笑い声が溢れてきた。

「私、ちゃんと寝ます」

「眠れなくても、目を閉じているだけで違うから。熱は大丈夫?」

「はい、平気です。おやすみなさい」

東子は水分を摂ってから、アイマスクをつけて静かにシートに身を沈めた。

何年ぶりかに降り立った地は、都会的なところもありながら、自然も豊かで懐かしい気持ちが込み上げた。

父と母が出会った大学もここにあるし、俺にとったらこの場所全体が母の思い出のように思える。

空港からはレンタルした車で移動する。東子の体調の心配もあったから、これは正解だった。

母が眠るメモリアルパーク。広大な芝生の敷地。車をパーキングに停めて、そこから歩いてひとつの墓碑の前に東子を案内する。

「母さん、ただいま」

母の名前が刻まれた平らな墓碑の前に、持参した花束を添える。

角の花屋で、東子と俺とで花を選んで包んでもらった。母の好きな花の名前も知らないうちにお別れになってしまった、と東子に話すと、俺が選んだ花ならどれも喜んでくれると励ましてくれた。

「初めまして。一成さんと結婚させていただきました、東子と申します」

東子が墓碑に向かい、語り、頭を下げる。

そのときふわりと風が吹いて、俺と東子の髪を柔らかく揺らした。微かだけど随分と懐かしい匂いがして、胸が小さく締めつけられる。

「……ふふ。何だか、一成さんのお母様に頭を撫でてもらった気がします」

東子が、不思議な感覚がします、と目を輝かせる。

頑張ったね、よくやったねと、母は俺が子供の頃、会える時間が許す限りよく頭を撫でてくれた。

そういうとき、ふわりと香る母の匂いが好きだった。

「……うん、俺もそう思った。そうだ、近くに移動遊園地が来てるらしいんだ。滞在中に行ってみようか」

「はい！」

さわさわと、芝生の上をまた新たな風が撫でる。

その風は俺達の周りをくるりと吹き上げると、青く広い空に消えていき、静かな時間が戻ってくる。

「……一成さん」

「うん？」

東子が母の墓碑と、さっきまで風に揺れていた花束を見つめながら、俺の名前を呼ぶ。具合が悪いのかと寄り添えば、にっこりと笑って首を横に振る。

「たぶん、なんですけど。だけどかなり確信もあるんです」

向き合った東子は俺の手を取ると、自分の腹に手のひらを当てた。

「ちゃんとわかるまでは黙っていようと思っていたんですが、こういう時間もやっぱり一成さんと共有したいから」

一瞬、わけがわからずに東子の顔を見ると、いつもの笑顔にさらに柔らかな表情も浮かべている。

それはまるで、まるで赤ん坊を抱く母親のような。

俺の手を、東子が自分の腹に当てた意味。

それって、もしかして。

……病院、具合は？　熱は？　歩いて大丈夫なのか？

頭の中に溢れる言葉が、口から順序よく出てこない。

だって、もし本当にそうだとしたら、今、俺に出来ることは？　男の俺に出来ることとは何なんだ。知らないことが多過ぎて情けなくなる。だけど。

とてつもなく嬉しい。最高だ、まるで夢みたいだ。

まだ平らな東子の腹を、服越しに何度も撫でる。

壊れ物に触れるように、そっと、大事に。

そうすると、愛おしい気持ちが後から後から止めどなく溢れてきてたまらない。

会いたい、顔を早く見たい。この腕で抱いてみたい。

歓喜で混乱を極めた俺は、ただ一言、東子の瞳を見て言葉をこぼした。

「ありがとう……っ」

ありがとう、俺の妻になってくれて。

ありがとう、俺に家族を作ってくれて。

そして、俺と東子の元に来てくれて、本当にありがとう。

目頭が熱くなる。東子の前では泣いたことはないけど、今ならそんな顔を見られてもいいと素直に思った。

俺が『二人』に向けた感謝の言葉の意味をわかってくれたのか、東子も瞳にみるみる涙を浮かべている。

「ふふ、びっくりしました？　きっと一成さんに似た、サプライズ好きな子です」

俺の手に自分の手を重ねながら、東子が飾らない表情でニッと元気に笑ってくれた。

番外編

「副社長、奥様の姿を初めて見た広報誌、今でもとても大切にしてますもんね」

酒にすこぶる弱い鈴木が顔を赤くして、ぽろりと俺の秘密を暴露した。

普段はすました顔をしているから、東子から見たら鈴木は酒が結構イケる口に見えていたんだろう。

鈴木は、酔うとダメなんだ。酒に弱いくせに、本人にその自覚がないからそれを認めないし、勧められた酒を断らない。

今夜だって、散々止めたのに平気だと言って、進んで酒を呷《あお》ってしまった。

鈴木の言葉に、東子が俺の顔を見てぽかんとしている。

当の鈴木は再び日本酒をちびりと舐めて、へらりと楽しそうに笑う。

俺は光の届く速さよりも先に酔いの醒めた頭を、今どう返答したら最適解なのかとフル回転させていた。

＊　＊　＊

パークの開園を目前に控えた、この日。ちょっとしたきっかけから、鈴木がうちで飯を食うことになった。

明日の日曜日はさすがに休みにしようと、鈴木とお互いの少々くたびれた顔を見て笑って、会社を出たのが二十一時を過ぎた頃。

いつもだったら各自で帰るところを、今日は所用があって朝から自宅まで鈴木に車を回してもらっていたので、そのまま帰りも送ってもらった。

今から帰宅する、と車内から東子に電話をかけると、まだ鈴木は一緒にいるかと聞かれた。

『うちの実家から、美味しいお土産をたくさんもらったんです。今日は鈴木さんと帰りも一緒ですよね。ご迷惑でなかったらお裾分けしたくて』

いわく、東子の父——俺の義父が先週、新潟に新設した食品加工工場へ視察に行った際に、帰りに地元の土産をたくさん買い込んできたという。

米どころだけあって、日本酒や煎餅、それに全国区でも有名になった練り物屋の詰め合わせ、笹団子《ささだんご》や蕎麦まで、ダンボールに詰めて会社で渡された。

そのうえ米まで持たされて、帰りはタクシーで帰ってきたらしい。俺としては、毎日タクシーでもいいんだけど。

旨いものに目がない義父は、いつも地方へ行くとこんな風に土産と称して買い込むのだとか。もはやあれは趣味の域だと、東子がスマホの向こうで笑う。

後部座席からその旨をハンドルを握る鈴木に伝えると、二つ返事で喜んでうちへ寄ることになった。

「独身、一人暮らし、今はあいにく彼女なし。そんな男が普段どんな生活を送っているかわかるでしょう?」

鈴木という男は、パッと見でも几帳面《きちょうめん》かつマメそうな印象を与える姿をしている。清潔感もあり、見た目もなかなか。休日などは自宅でカフェエプロンをつけ、テラスでソーセージの燻製でも作りながら、クラフトビールでも飲んでいそうなイメージだ。見た目だけなら。

実際のこの男は、毎日の飯はコンビニかファストフードで済ますし、休日には髭《ひげ》も剃らず、溜まった洗濯物を抱えてコインランドリーで一服するのが好きなのだという。ドラムの中で回る洗濯物を眺めながら缶コーヒーを飲み、ぼうっと頭の整理をしていると昼を過ぎているらしい。

趣味なのか?と呆れて聞いてみれば、しばし考えた後に、『趣味というより、生活に組み込まれたルーティンのひとつですね』と答えた。

しかし、俺も似たようなものだった。生活のほぼ全てを、金を払ってサービスを利用して済ましていた身としては、人のことは言えない。

理解は出来る。だけど。

「わかんないなぁ、東子の作る飯が旨くて忘れた」

「はいはい、聞いたおれがバカでした。新潟の旨いもん、楽しみだな～」

わざとらしい鈴木の返事を聞きながら、車内から外を眺める。最近は東子をドライブにも連れていってやれていない。

ひとつため息をつくと、腹は早く愛妻の飯を食いたいと騒ぎ出した。

独身時代の食生活。ほんの前までは俺だってなかなかひどいものだった。

自炊する意欲も時間もなく、会食でも料理をしっかりと味わうこともなかった。その分まで脳みそは相手の会話に注意を傾けて、有利や不利益に神経を集中させていた。

料理人には申し訳なかったが、ただひたすらに、失礼にならないように完食しないと、という感情しかなかった。

デスクから離れられず一日コーヒーだけで過ごすときもあったし、見かねた鈴木からコンビニのおにぎりやパンをひとつ渡される日もあった。

腹一杯になってしまうと、集中力が落ちる。けれど、痩せてしまうと自分の商品価値が下がってしまう。

腹に入れば何でもいい。食べることにあまり興味がなかった俺に、その楽しみを教えてくれたのが東子だ。

温かいもの、冷たいもの、旬のものに、甘いもの。組み合わせやアレンジ、そして、一緒に楽しく食べるという行為。

美味しい、その言葉の中に含まれるたくさんの意味を東子が教えてくれた。

マンションへ着くと、玄関で東子が笑顔で迎えてくれた。そうして、「もしよかったら」と三人での夕飯を提案してきたのだった。

東子の作った料理を、他の男に食べさせたりしたくない。

自分が割と独占欲が強いと知ったのは、東子と結婚した後だ。同時に、出来る限りの願いをこの手で叶えてやりたいとも強く思っている。

つまり、この場で東子の願いを叶えるためには、鈴木を今夜の夕飯に同席することを快く許し、歓迎するということだ。

正直、ここで無理やりに鈴木を帰して、自分の狭量な部分を見せたくない。普段鈴木には世話になっているから、こんな夜には腹いっぱい飯を食わせて帰すのが、上司としても人間としても当たり前の状況だろう。だけども。

「ありがとうございます、ご馳走になります……副社長、早く入ってくれませんか？後ろ、つっかえてるんですが」

東子の提案にすかさず返事をした遠慮のない鈴木が、俺の背中を押してくる。

「ちょ、何ですか。踏ん張ってないで早く入ってくださいよ」

「……鈴木、わかってると思うが、俺と東子は新婚なんだぞ」

「わかってますって。さっきも惚気られたんですから。それに、余計なことは言わず、夕飯いただいたらすぐに帰ります」

プライベートでも仕事でも、俺が鈴木にたくさんのことを一任して頼めるのは、その飛び抜けた洞察力を信頼しているからだ。

送った視線、仕草だけでほとんどの物事を理解し、行動に移してくれる。あるときには先回りし、あるときには控える。

今この瞬間も、俺の言いたいことを完璧に理解していた。

明日は休みだと東子が知って。

地酒ももらったと、封の切られていない一升瓶を出してきて。

鈴木と東子がわいわいと盛り上がって。

俺の制止も聞かず、くいっと一口、注がれた酒を飲むまでは。

リビングでなし崩し的に始まった飲み会。鈴木がネクタイを外して、反対側のソファに体を預けている。

すぐに帰る、と言った口で弱いのに酒を旨そうに飲んで、溜まった疲れを大きな息と一緒にフウッと吐き出す姿を見れば、『帰れ』とは言えなくなってしまった。

疲れた、きつい、そういった言葉を俺には一切言わず、パークのプロジェクトに何年も一緒に取り組んでくれている。

しかも、俺の身動きが取れない間も東子へのリサーチや贈り物を届けてくれた。東子を知るきっかけになったパンフレットや会報誌だって、鈴木が資料にとあらかじめ取り寄せてくれていたものだ。

鈴木には頭が上がらないなと、こっそりと思っている。

東子は俺の隣で甲斐甲斐しく食事の世話をしてくれていたので、もう大丈夫だから、と言って空だったグラスに俺から酒を注いだ。酒好きなだけあって、東子は実に旨そうに飲む。

細い喉に、するするとまろやかな清水のように酒が流れていく。

それにつられて、俺もグラスに手を伸ばした。鈴木のグラスはさりげなく遠ざけたりしながら。

「副社長、奥様の姿を初めて見た広報誌、今でもとても大切にしてますもんね」

東子の作った旨い飯をぺろりと平らげたうえ、酔って顔を赤くした鈴木が悪びれる様子もなく俺の秘密を暴露した。

秘密にしておいてほしい。

そう言わなかった俺が悪い。そう言っておけば、鈴木は酔っても絶対にこの話はしなかったはずだ。

「広報誌って、四ノ宮の？」

東子が小首を傾《かし》げて俺に問う。

酔って、ほんのり赤くした頬。ぽやんとした表情が可愛い……可愛いの暴力だ。こんな暴力なら甘んじて受けたい。今でなければ。

「いや、あのな――」

「パンフレットや広報誌をぽーっとした顔で眺めてて。あの顔、奥様に見せたかったなぁ」

しみじみと思い出すように、グラスの酒に口をつけながら容赦なく追撃してくる。

「ふふ。初めて私のことを知ったのも、うちの広報誌がきっかけだったたって言ってくれましたもんね」

「あ、ああ」

それは東子に伝えていた。ただ、その広報誌やパンフレットをまだ大事に手元に置き、時折引っ張り出しては眺めていることが秘密なんだ。

大切なものだから、捨てるなんてとんでもない。大事にデスクの引き出しにしまってある。

いつまでも持っていて、変だと思われたら困ってしまうので言わずにいた。

「そうなんですよ。そのときもう副社長はすっかり奥様に惹かれて、他にはないのかって言ってきたんですから。後日、四ノ宮さんにバックナンバーの問い合わせをさせていただきました」

ああー……鈴木、お前、実は俺に恨みでもあるのか？　この状況、どう乗りきる。

「恥ずかしいけど、嬉しいです。ちゃんとした顔で撮れてましたか？　撮影のときはいつも最後には世間話になって、カメラマンさんの話が面白くて笑ってしまうんです」

へへ、と恥ずかしそうに東子が笑う。

「でも、本物の私もここにいるんですよ？　私のことも見てください。私にも一成さんの顔をよーく見せてください」

東子の細い指、柔らかな手のひらが俺の頬を挟む。そうして、ソファに座る俺の膝の上に隣から跨《また》がってきた。

酔いも手伝ってか、普段よりも百倍は積極的だ。柔らかな尻の感触が俺の太ももに伝わってくる。

鈴木がこの場にいなければ、このままここでひん剥いてしまいたくなるほどの魅惑的な柔らかさ。

「だっ、ダメだ。鈴木が見てる」

「んふふ、見てません。おれは目を閉じてますので」

東子に両方の頬を挟まれて、鈴木が本当に目を閉じているのか、俺からは確認出来ない。

そして初めて知ったが、東子は完全に酔ってしまうと大胆になるタイプだった！

「鈴木さんは見てないですよ。ちゃんと目を瞑《つむ》ってくれています」

一度身じろぎした東子が、言い聞かせるように俺に呟く。

こんな大胆さ、酔っても記憶をなくさないタイプだったら、東子の理性は正気に戻ったときに大丈夫なのか？

それより何より！　よく今まで無事で、無事でよかったと心の底から強く思う。

「一成さんの睫毛、長くて、俯《うつむ》くと影を作るところが好き」

絶妙な力加減で瞼を撫でる指先に、気持ちがよくて、思わずこんな場面でも目を閉じてしまった。醒めたと思っていた酔いはまだしっかり残っていたようで、この甘美な雰囲気にまで酔い始めている。

薄い瞼で感じる指先の感触。頬も撫でられて、自分から擦りつけてしまう。高速回転で言い訳を考えていた頭はとろりとからめ取られて、回転することを放棄した。

このシチュエーションを無下にする男がいるだろうか。俺は絶対にしないぞ。

指先が離れたのが寂しくて目を開けると、東子の目が応じるように優しく細められる。そのまま、そっと瞼に唇を落とされて、恥ずかしながら甘えたいモードにスイッチを入れられてしまった。

俺は東子を甘やかすのが好きだ。撫でて抱きしめて、言葉でとろとろにするのが好きだ。いつだって頼られる完璧な夫でいたい。

だから、俺から甘えるなんてもってのほかだと出会った頃は考えていた。甘えるような年齢でもない。東子が持っているであろう俺のイメージを崩したくないと。

しかし、蟻《あり》の穴から堤も崩れる。

長年築き上げてきた御堂一成という人間。そうあってほしいと思われる人間。それが俺。そう強く信じて強固に築き上げた人間像は、可愛らしい新妻の何気ない行動や発言によって徐々に綻びを見せ始めた。

幸せな誤算だ。

存在や行いを許されている、そして愛されていると強く実感出来る。その心強さは、言葉では全て言い表せない。

東子の細い腰に両手を回すと、くすぐったそうに小さく笑い声を上げる。

胸元にすんと鼻を押しつけると、東子の甘やかな香水の香りと柔らかな膨らみに劣情が首をもたげ始める。

そうだ。明日は休みにしたから、今夜は東子を思いっきり抱こうと思ってたんだ。

昼まで二人で眠って、目が覚めたらまた抱いて……。

「副社長と奥様は、本当に仲がよくて」

……あ。今、完全に鈴木の存在を忘れていた。

慌てて再び目を開けると、東子が両腕で俺の頭を離すまいと抱きしめる。二つの膨らみがムギュッと顔に押しつけられて、いわゆるラッキースケべってやつだ。

「んんっ！」

「そうなんですよ。私達、皆さんのおかげで仲よく出来ています。ね、一成さん」

後ろ頭をよしよしと撫でられ、もうお手上げだ。愛妻によしよしされて無抵抗な上司を、部下はどういう気持ちで見ているんだ？

あ、そうだ。鈴木は見ていないんだった。本当か？　確認出来ないので半信半疑だ。

鈴木の前ではだらけた顔も見せているけれど、それは一般男性の日常的な一部の顔であって、今のこの状況は完全にプライベートな面だ。

東子、お願いだから鈴木が酔いからの眠気で潰れるまで、俺の頭を抱きしめたままでいてくれ……！

鈴木！　絶対に目を開けるなよ！

「……本当に、副社長が幸せになってくれてよかった」

本当にたまに、仕事でどうしようもないときにぽつりと一言励ましてくれている、あの声色だ。

「この人、本当に無茶ばっかりなんです。敵も多いし、おれには無理ばっかり言うし。だけど誰よりも先頭に立って気を張ってるのをずっと見てきた身としては、いつでも背中から支えてやりたいんですよね」

　俺の頭を抱きしめる東子の腕に力が入る。

「私も、私もです。一成さんはすごく頑張ってるんです。出来ることは全力でサポートしたいんです」

　二人が笑い合い、ますます顔を上げられない気恥ずかしい空気になっていく。背中に汗が流れて、体温が上がって熱い。

「最初に出会った頃は、何て生意気な奴だと思ってたんですけど、すっかり懐柔されてしまいました。人タラシなんですよ、副社長は」

「あー！　わかります！　完全完璧な雰囲気なのに、ふと可愛らしかったり、砕けた顔も見せてくれたりすると！」

　あっはは！なんて酔っ払い達が盛り上がる中、俺は恥ずかしいやら嬉しいやらで東子の胸に抱かれたまま混乱していた。

　鈴木――元は父の秘書だった。俺が本格的に経営陣に加わることになったとき、父からの鶴の一声で俺の秘書になった。鈴木はそれに文句も言わず、俺の元へ来た。

　社長の秘書といえば、秘書課のエースだ。それが右も左もわからない、野望だけは誰よりも一丁前に持っている若造のお守りを押しつけられた。そんな風に、周りから思われていただろう。

それでも嫌な顔ひとつ浮かべず、俺のサポートに徹してくれた。そのうち、年も近いせいかどちらからともなく素の面を見せて、無茶も冗談も言い合える関係になった。

生意気だと思われていたのは知らなかったけど。

「私は、鈴木さんにもとても感謝しています。一成さんが全力で仕事に取り組めるのは、鈴木さんのおかげでもあります」

凛とした声で、東子が改める。

「主人のこと、どうぞよろしくお願いします」

御堂東子の真剣な声だった。シチュエーションはおかしいが、俺の心は強く震える。

「もちろんです。ここまで育てたのはおれと言っても過言ではないでしょう。ふふ、いらないと言われるまでは、副社長に尽くしますよ」

……そんなこと、口が裂けても言うもんか。

「……社長秘書に」

「ん？」

腕の力が緩んだ東子の胸から、思いっきり顔を上げる。

「俺は、いつか鈴木を社長秘書に戻す。けれどそれは、俺が社長の座に就いてからも変わらずに俺の秘書でいろってことだからな！」

膝の上に東子を置いたまま落ちないように抱えて、テーブルのグラスを掴んだ。

東子の顔も鈴木の顔も、照れてしまってとてもじゃないが真面目に見られない。

いろいろな思いで赤くなった顔を冷ましたくて、衝動で、チェイサーにと用意してくれていたグラスの水を一気に呷った。

「……あれっ」

喉から流し込んだ水で、胃が燃えるようにカーッと熱くなる。一瞬、ぐらりときたが持ちこたえた。空になったグラスを見つめる。

「……ふは、これ、酒だ……」

「それ、私のグラスです」

なんて決まらない様だ。格好悪い。でも、東子と鈴木、二人の前でならいいかと思える。

鈴木、お前、俺を見ながら楽しそうに指を差して笑うんじゃあない。

「副社長、そういうとこですよ」

おい、いつから目、開けていたんだ。

ふっと浮上を始めた意識が、重く閉じた瞼を少しだけ持ち上げた。最初に感じたのは、慣れた片腕に乗る頭の重みとコンディショナーの香り。薄く開いた目には、ベッドの上からの見慣れた光景。遮光カーテンの隙間から、眩しい光が差し込んでいる。

あれ、ここ、俺と東子のベッドルームだ。

微かに痛む頭に眉をひそめながら、もう一度眠ろうと目を閉じると、昨夜の出来事の記憶が最初はぽたりと雨粒のように、そこから一気に洪水のように押し寄せた。

恥ずかしさ、それから照れに再び苛《さいな》まれて、思わず声を漏らす。すると腕の中の東子が身じろぎをして、閉じていた目をゆっくりと開けた。

「……おはようございます、一成さん。具合はどうですか。大丈夫？」

「うん、大丈夫……鈴木は？」

「鈴木さんなら、一成さんが酔って潰れてからすぐにタクシーで帰られました。車を置いていかれたので、鍵を預かっています。明日の朝は迎えに来てほしいそうですよ」

一気に力が抜けて、ふうっと大きなため息が出た。明日は鈴木のマンションへ迎えに寄らないと。帰りは送らせよう。

「ふふ。昨日は大変だったけど楽しかったですね」

目が覚めきらないのか、微睡みながら東子が俺の腕の中で楽しそうに話す。

「一成さんってば、一緒に風呂に入るぞって強引で。酔っているからダメって言っても聞いてくれなくて」

「え」

東子と一緒に風呂なんて、まだ恥ずかしいから、と許可されていないことだ。

「だから、約束したんです。今夜は危ないから、明日起きたら入りましょうって」

覚えてます？と小さく呟き、目を潤ませて顔を赤くする、世界で一番愛おしい妻。

俺は力強く、ここ最近で一番自信に溢れた表情を浮かべて頷く。

ごめん、東子。全く覚えていないけれど、風呂に一緒に入ってくれ。

END

あとがき

初めまして、木登と申します。この作品が正真正銘のデビュー作になります。もらったばかりのおこづかいを鞄に突っ込んで、車もあまり通らない道を自転車で四十分かけて爆走し、駆け込む小さな本屋さんが最高に大好きな場所でした。

山と田んぼに囲まれて、犬やアヒルと一緒に育った子供時代から思春期。

欲しい小説や漫画はたくさんあって、でも使える金額は限られている。何度も手に取っては棚に戻し、厳選した数冊を持ってレジへ向かう。また四十分かけて帰宅し、途中、自販機で買ったサイダーをお供に開く本の最初の一ページ……。

ひととき、私は都会の高校生や冒険者、アイドルや詩人になって本の中で旅をしました。そのときだけは、誰が何と言おうと私が本の世界の主人公でした。

いつしか、私もこんなお話を書いてみたい。頭の中で今も続く世界を文字に起こして、誰かと共有してみたい。そう思い続けることになります。

そうして、去年素晴らしいご縁があって長年の思いを叶える機会をいただきました。

ヒロインの東子はお嬢様ですが、普通の女の子です。一成と突然結婚することになり戸惑いますが、それでも上手くやっていこうと奮闘したり悩んだりしています。

最初はポンッと私の頭の中に生まれましたが、数々のアドバイスをもらい、皆さんに大事に育てていただき、今の東子になりました。

プロット作りからメールでの作法、数々の助言や励ましをたくさんくださったSさん。あなたの存在がなかったら、この作品はこの世に生まれてこられなかったです。

担当様方々、根気強く優しく的確なアドバイス、それにメールでの親しみやすさ。いつでも相談に乗ってもらえたことで、のびのびと執筆が出来ました。

表紙を描いてくださった、すみ先生。東子と一成を文字だけの世界から引っ張り出してくださいました。一成の東子への愛が表紙から溢れ出ていて、嬉しくなります。

この作品が本になり並ぶために、デザイナー様や印刷所様、書店様にも大変お世話になりました。何度言っても足りませんが、皆様本当にありがとうございました。

手に取ってくださった読者様。心の底から何度も感謝いたします！　少しでも楽しんでいただけたら幸いです。

そして、あの頃の私へ。

夢が叶ったよ！　びっくりした？　私も今もびっくりしてるし、幸せだよ！

木登《きのぼり》

marmalade bunko
マーマレード文庫

策士な御曹司と
世界一しあわせな政略結婚

2021年9月15日　第1刷発行　定価はカバーに表示してあります

著者　木登　©KINOBORI 2021
発行人　鈴木幸辰
発行所　株式会社ハーパーコリンズ・ジャパン
東京都千代田区大手町1-5-1
電話　03-6269-2883（営業）
0570-008091（読者サービス係）
印刷・製本　中央精版印刷株式会社

Printed in Japan ©K.K. HarperCollins Japan 2021
ISBN978-4-596-01364-4 C0193